C. B. KAIHATSU
organizadora

A SOCIEDADE DOS CORVOS

VOLUME II

partners coerência

A SOCIEDADE DOS CORVOS

VOLUME II

partners coerência

DIREÇÃO EDITORIAL
Lilian Vaccaro

COORDENAÇÃO EDITORIAL
Bianca Gulim

PREPARAÇÃO
Jonas Vendrame

REVISÃO
Mateus Herpich
Jonas Vendrame
Bianca Gulim

ILUSTRAÇÃO
Rafael Danesin
Haniel de Farias
J. A. Nalon

CAPA
Décio Gomes

DIAGRAMAÇÃO
Bruno Lira

DADOS INTERNACIONAIS DE CATALOGAÇÃO NA PUBLICAÇÃO (CIP)

Kaihatsu, C. B.;
A Sociedade dos Corvos - Volume II
1ª edição - São Paulo: Coerência, 2019

ISBN: 978-85-5327-155-9

1. Contos brasileiros 2. Suspense 3. Terror I. Título

CDD: 869.3

Editora Coerência
Avenida Paulista, 326, cj 84
Bela Vista – São Paulo – SP – 01.310-902

PREFÁCIO

HOMENAGEANDO EDGAR ALLAN POE

Rubens Francisco Lucchetti & Marco Aurélio Lucchetti

O meu melhor amigo será aquele que me fizer saltar os miolos. As abóbadas do céu esmagam-me! Deixem-me ir embora! Deus escreveu legivelmente os seus decretos nas frontes das criaturas humanas... Os demônios apoderam-se de um corpo... eles têm por cárcere as vagas turbilhonantes do mais negro desespero. Já entrevejo o porto para além do abismo... Onde ficou a lama, a miséria? A calma eterna... sumiram-se às margens. Senhor, amparai minha pobre alma.

Essas foram as últimas palavras de Edgar Allan Poe, ditas na madrugada de 7 de outubro de 1849.

Apenas dez pessoas acompanharam o funeral de Edgar Allan Poe, sepultado quase furtivamente no cemitério presbiteriano de Baltimore, a maior cidade do estado norte-americano de Maryland. Colocaram sobre a sua tumba um bloco de granito sem qualquer inscrição — apenas o número oitenta e nada mais. Um dos grandes gênios da humanidade teve de esperar vinte e seis anos até que lhe erigissem um túmulo decente. E foi ao poeta simbolista francês Stéphane Mallarmé (1842-1898) que coube o soneto comemorativo mais belo e a um escritor e poeta inglês, Algernon Charles Swinburne (1837-1909), a carta mais ardente.

Em 19 de janeiro de 1809, no número 33 da Rua Hollis,

em Boston, nascia Edgar Allan Poe. Seus pais, dois atores pobres, David Poe Jr. e Elizabeth Poe — nascida Elizabeth Arnold —, achavam-se cumprindo contrato num teatro de Boston; e sua carreira errante — viajando em carroções desconjuntados das companhias teatrais, que trilhavam caminhos tortuosos, empoeirados ou lamacentos; descendo rios a bordo de vetustos barcos fluviais que carregavam uma profusão de bagagens e cenários rústicos; dormindo muitas vezes ao relento sob a luz das estrelas — permitiu ao pequeno Edgar travar, desde muito cedo, contato com a vida sofrida dos deserdados da sorte. E essa vida nômade e movimentada perseguiria Edgar por todo o sempre. *Quando sou atacado*, escreveu ele certa vez, *por um dos meus acessos de vagabundagem (e como eu conheço bem essa tendência que me impele a errar durante uma semana ou um mês sem descanso), não poderia, nem verdadeiramente desejaria, resistir a esse apelo, nem mesmo para agradecer ao Grão Mogol, se este me declarasse único legatário dos seus bens.*

David Poe Jr. era de ascendência irlandesa, provinha de uma família que emigrara para os Estados Unidos por volta de 1748 e que se distinguira durante a Independência Americana, em 1776. Destinado pelos seus à magistratura, tudo abandonou para seguir sua vocação: o teatro — sua estreia nos palcos ocorreu em Charleston, na Carolina do Sul, em 1803. Uma notícia da época o descreve como sendo uma pessoa extremamente tímida, ao passo que *sua voz clara e melodiosa só se revela quando ele representa libertado de sua timidez. Sua dicção parece bem distinta e articulada, e seu rosto e sua pessoa dizem muito a seu favor. Seu tamanho é daquele porte bem adequado à ação geral, se seu talento se adaptasse ao soco e ao coturno...*

Ao que se sabe, essa é a única descrição do aspecto físico do pai do poeta. Não se conhece também nenhum retrato dele. E suas qualidades de ator eram, quando muito, limitadas.

Quanto à mãe de Edgar Allan Poe, nasceu na primavera de 1787, em Londres. Era filha de Henry Arnold e de Elizabeth

Arnold — nascida Elizabeth Smith —, atores do teatro de Covent Garden. Henry Arnold faleceu em 1789; e, em novembro de 1795, a Sra. Arnold se mudou com a filha para os Estados Unidos, desembarcando em Boston. Foi nessa cidade que ela deu prosseguimento à sua carreira profissional e logo conheceu um ator chamado Charles Tubbs, também inglês — *de poucos dotes e pouco caráter* —, com quem se casou em segundas núpcias. O casal se apresentou cantando e dançando em diversas cidades norte-americanas. E a pequena Elizabeth Arnold, cuja estreia nos palcos teatrais ocorreu quando tinha apenas nove anos de idade, atuava em papéis infantis e, posteriormente, juvenis em todas as companhias em que sua família ingressava. A partir de 1798, nada mais se soube a respeito do casal de atores. Porém, a jovem Elizabeth fez carreira e logo seu nome começou a aparecer com destaque nos cartazes e nos jornais. E, no verão de 1802, durante uma de suas viagens como atriz, ela se casou com o também ator G. D. Hopkins. Ele faleceu em outubro de 1805; seis meses depois, Elizabeth casaria com David Poe Jr.

Com Hopkins, Elizabeth não teve filhos. No entanto, com o segundo marido teve três: William Henry Leonard, nascido em 30 de janeiro de 1807, em Boston; Edgar; e Rosalie, que veio ao mundo em 1810 — ela faleceria em 1874 —, em Norfolk, na Virgínia.

Devido à pobreza deles, o casal Poe deixou o primeiro filho aos cuidados da cunhada, Maria Clemm (1790-1871), e partiu para Nova York, onde, segundo Hervey Allen — no livro "Israfel, Vida e Obra de Edgar Allan Poe" —, *David Poe Jr. morreu ou abandonou a esposa (provavelmente fez esta última coisa). Desamparada e tendo de sustentar o menino Edgar, Elizabeth, algum tempo depois, deu à luz uma menina. Lançou-se suspeita, mais tarde, a respeito da paternidade dessa última criança e sobre a reputação da Sra. Poe. Não é preciso dizer que tal suspeita era injusta.*

Com a saúde minada pelos sucessivos partos — ela é descrita como *uma mulher franzina, com grandes olhos misteriosos e longos cabelos anelados de um negro azeviche, estatura insignificante, membros frágeis e uma fisionomia altiva,* descrição que muito se assemelha às das mulheres que, alguns anos mais tarde, povoariam os contos de seu filho Edgar — e vendo-se na mais absoluta miséria, Elizabeth arrastou Edgar e Rosalie para a última etapa de seu calvário: Richmond, na Virgínia.

Certo dia, ao a visitarem, várias pessoas a encontraram enferma, estendida sobre o leito. Ela estava no apogeu da decadência — sem dinheiro, sem conforto e sem o que comer. As duas crianças, com as faces marcadas pela fome, estavam nuas e choravam sem parar.

Em 7 de dezembro de 1811, os jornais anunciaram um recital em benefício de Elizabeth Arnold Poe. Ela, porém, exalou o último suspiro no dia seguinte — vitimada possivelmente pela pneumonia ou a tuberculose — com apenas vinte e quatro anos de idade. Edgar e Rosalie foram amparados pelos membros da companhia teatral em que trabalhava Elizabeth.

Mas o infortúnio, tal qual a "Máscara da Morte Rubra", achava-se à espreita. E, poucos dias após a morte da mãe, novo terrível acontecimento atingiu os infelizes órfãos: na noite de Santo Estevão, o teatro onde alguns dias antes fora realizado o recital em favor da Sra. Poe foi destruído por um pavoroso incêndio, no qual sessenta espectadores perderam a vida. Os atores se viram forçados a procurar trabalho em outras paragens, confiando os filhos de Elizabeth Arnold Poe à burguesia local.

É necessário acentuar esses dias de infortúnio para que se possa compreender em parte a existência dramática e o gênio incomum de Edgar Allan Poe, que trazia desde o berço o estigma de um alcoolismo que muitos de seus biógrafos dizem ser hereditário. Durante toda a sua existência, Poe travou uma luta sem fim contra dois instintos antípodas: de um lado a firme resolução de não beber; de outro a depressão e a morbidez que o intoxicavam de complexos e da irresistível compulsão de procurar na bebida um estimulante, sendo, então, protagonista das mais humilhantes e asquerosas cenas a que um ser humano pode se entregar. A todo momento, quebrava as promessas que fazia para se corrigir, e os atos que comprometiam e denegriam seu nome desanimavam todos aqueles que se esforçavam em furtá-lo àquela degradante vida.

Entretanto, sua existência despida de sorrisos foi favorecida. Com cerca de dois anos de idade, Edgar foi levado para a casa de um abastado negociante de tabaco de origem escocesa, John Allan (1780-1834).

Quanto à pequenina Rosalie, recebeu abrigo na residência do casal William e Jane Scott Mackenzie. Os Allans e os Mackenzies eram amigos íntimos e vizinhos. As crianças acabaram ficando nessas casas — na casa dos Allans, *flutuava o perfume do tabaco e do punch, e também o odor dos escravos* —, o que, com o correr do tempo, tornou-se o equivalente a uma adoção. E, apesar da oposição do Sr. Allan, Edgar foi batizado na igreja presbiteriana e acrescentaram ao seu nome o sobrenome de seu pai adotivo.

Frances Keeling Valentine Allan (1784-1829), esposa de John Allan, não tinha filhos, embora estivesse casada desde 1803. Por isso, ela e a irmã, Anne Moore Valentine, cercaram a criança de um afeto sufocante, satisfazendo-lhe todos os desejos. *A minha palavra era lei em toda a casa*, revelou Edgar em certa ocasião. *E, na idade em que poucas crianças são arrancadas às saias da mãe, eu, senhor dos meus atos, podia entregar-me aos impulsos da minha vontade.*

Em 1815, no dia posterior ao da derrota de Napoleão, John Allan, que estava com os negócios comprometidos devido ao bloqueio naval imposto pelos ingleses durante a Segunda Guerra da Independência Americana, resolveu tentar a vida na Inglaterra. Instalou-se com a mulher em Londres; Edgar foi mandado primeiro para a casa da severa Sra. Mary Allan — ela era uma das irmãs de John Allan —, em Irvine, na Escócia. Depois, o menino foi matriculado numa escola para meninas, em Londres; mais tarde, transferido para o colégio do reverendo John Bransby, em Stoke Newington — o lugar foi assim descrito por Poe: *Uma aldeia afogada numa multidão de árvores gigantescas e nodosas e onde todas as casas parecem excessivamente velhas.*

Os negócios de John Allan não se desenvolveram da forma como ele esperava. E, por outro lado, o clima úmido da Inglaterra foi nocivo à saúde frágil de sua esposa. Assim, em 1820, os Allans regressaram aos Estados Unidos, ou melhor, voltaram para Richmond. Porém, se os cinco anos passados na Inglaterra não correram para John Allan da maneira que ele esperava, trouxeram algum benefício a Edgar, que teve algumas noções de Francês, Latim, História e Literatura. Não foi muita coisa, mas serviu para enriquecer sua fértil imaginação impressionada pelos castelos misteriosos, pelas casas decrépitas, pelas cavas úmidas e pelos corredores escuros, onde ele pressentia a presença do sobrenatural. São essas experiências que nos auxiliam a compreender certos aspectos de sua obra: o gosto pelo macabro e pelo misterioso, a atmosfera medieval existente em seus contos. Isso nos faz recordar das palavras do Sr. Dante Regis Vita num antigo texto: *Beleza esquisita, imagens estranhas tocadas de sombras de tragédia, histórias cheias de mistério as de Edgar Allan Poe.*

Embora John Allan tivesse de se desfazer de parte de seus bens para satisfazer os credores, a vida da família Allan continuou a ser confortável, sobretudo a partir de 1825, quando John Allan recebeu de herança uma quantia considerável. Edgar foi mandado para uma escola frequentada pelos filhos das melhores famílias de Richmond. Ali, sobressaiu-se em línguas, oratória, representações teatrais e realizou algumas notáveis façanhas na natação. Com treze anos, começou a escrever poesias. Em 1823, tornou-se amigo íntimo de seu colega de escola, Robert Craig Stanard (1814-1857), cuja mãe, Jane Stith Stanard, *tomou de terno interesse pelo brilhante jovem, afeição que foi ardente e romanticamente retribuída.* Foi para a Sra. Stanard que Poe dedicaria seu poema "Para Helena" ("To Helen",1831), que começa assim: *Tua beleza, Helena, é para mim...*

No entanto — não demorou muito —, nova tragédia se abateu sobre o jovem poeta: a morte da Sra. Stanard — ela morreu aos trinta e um anos de idade, tuberculosa e louca —, ocorrida em 28 de abril de 1824. O golpe atingiu Edgar de forma tão intensa que ele, à noite, passou a rondar o túmulo da mulher, no cemitério solitário. Ao que se sabe, a lembrança de Jane Stanard jamais o abandonaria.

Após a morte da Sra. Stanard e praticamente durante toda a sua vida, Poe se apaixonou platonicamente por inúmeras mulheres. A primeira delas foi uma jovem vizinha, Sarah Elmira Royster (1810-1888), de quem chegou a ficar noivo em segredo.

Em fevereiro de 1826, John Allan inscreveu o filho na Faculdade de Línguas Mortas e Vivas da Universidade de Virgínia, fundada em Charlottesville por Thomas Jefferson (1743-1826). O jovem estudante fez brilhantes progressos nos estudos, mas foi por essa época que começou a beber. Exatamente como acontecia nos prestigiosos *colleges* ingleses da época, os jogos de azar, o álcool, o ópio, o láudano, as mulheres e os duelos eram as principais distrações dos estudantes na Universidade de Virgínia. Não demorou muito tempo, e Edgar esgotou os dólares que John Allan lhe dera. Mas não foi o suficiente para fazê-lo abandonar os vícios. E, assim, afundou-se mais e mais em dívidas.

Esse comportamento não agradou nem um pouco John Allan. E, ao tomar conhecimento desses acontecimentos, o Sr. Royster mandou Elmira para fora por algum tempo, a fim de afastá-la de Edgar.

No Natal desse mesmo ano, Edgar teve uma violenta discussão com o pai adotivo, que se recusou a pagar-lhe as dívidas, que ultrapassavam os dois mil dólares. Em seguida, John Allan tirou Edgar da universidade e tentou fazê-lo interessar-se pelo mundo dos negócios. Não conseguiu seu intento. As discussões entre ambos se tornaram frequentes. E, num ímpeto de arrogância, em 19 de março de 1827, Edgar abandonou a casa paterna, mudando-se para um sórdido hotel, a Taverna do Tribunal. Era o fim de uma vida abastada. Daquele dia em diante, Edgar teria de lutar pela própria sobrevivência. Chegou a escrever para o pai uma carta *cheia de dignidade.* Porém, John Allan sequer lhe respondeu. A Sra. Frances Allan, imbuída do sentimento maternal, tentou interceder em favor de Edgar. Foi em vão. Então, a fim de minimizar as agruras do filho adotivo, mandou-lhe algum dinheiro por intermédio de um de seus escravos. De posse desse dinheiro e adotando o nome de Henri Le Rennét, Edgar abandonou Richmond com um amigo, Ebenezer Burling (1807-1832), e foi para Norfolk. Lá, separou-se de Burling e prosseguiu viagem num navio até Boston, onde chegou praticamente sem dinheiro em abril de 1827.

Em Boston, Edgar começou a escrever para um jornal e, sob um nome falso, acabou conhecendo um jovem impressor, Calvin F. S. Thomas (1808-1876), ainda inexperiente no ramo tipográfico. Valendo-se disso, Edgar o convenceu a imprimir um pequeno volume de poemas, "Tamerlane and Other Poems" (1827), e, como não teve condições de pagar a edição — de quinhentos exemplares —, coube-lhe apenas umas poucas cópias — o restante foi possivelmente destruído. Esse pequeno volume — tendo como autor um bostoniano e contendo poesias que, nos dias de hoje, são famosas — não teve repercussão alguma na época, a imprensa lhe dedicou somente duas notas. Frustrado e sem dinheiro, Edgar se alistou no Exército dos Estados Unidos em 26 de maio de 1827, usando o nome falso de Edgar A. Perry. Foi destacado para a Bateria H do 1º Regimento de Artilharia dos Estados Unidos e passou todo o verão de 1827 no acampamento do Forte Moultrie.

Edgar permaneceu no Exército de maio de 1827 a abril de 1829. E, logo nos primeiros dias, os oficiais perceberam que ele tinha aptidão para os serviços de escritório. Não era um trabalho estafante e lhe propiciava muito tempo livre, possibilitando-lhe ler, escrever poesias — data dessa época seu poema "Al Aaraaf" — e vaguear pelas praias — muitos anos mais tarde, ele se valeria dessas recordações nas praias da Ilha Sullivan para escrever "O Escaravelho de Ouro". Devido à sua boa conduta, chegou a primeiro-sargento, mas não demorou para perceber que estava desperdiçando sua vida no Exército. Assim, numa tentativa de regressar à vida civil, escreveu uma carta a John Allan, pedindo-lhe perdão e permissão para voltar ao lar. Porém, seus rogos não obtiveram sucesso algum. E, em dezembro de 1828, seu regimento recebeu ordem para seguir para o Forte Monroe, na Virgínia.

Sem possibilidades de retornar ao lar, restou a Edgar apenas uma alternativa: a de alistar-se na Academia Militar de West Point. Para isso, contou com o apoio de alguns oficiais de seu regimento. Eles tomaram para si a incumbência de intercederem junto de John Allan em favor de Edgar. Mas o Sr. Allan se manteve irredutível, sequer cedendo aos rogos da esposa moribunda que desejava ver seu *querido menino.*

Quando Edgar teve permissão de regressar à casa do pai adotivo, já era tarde demais: *tudo quanto mais ele amava no mundo se achava sepultado* — sua mãe adotiva morrera em 28 de fevereiro de 1829.

John Allan se viu obrigado a uma "reconciliação" com o filho adotivo — ele prometera à esposa, poucos minutos antes de ela morrer, *não abandonar Edgar.*

Por volta de abril de 1829, Edgar embarcou para Washington, levando na bagagem algumas cartas de recomendação de seus oficiais e uma de John Allan, que, entre outras coisas, dizia: *Francamente, senhor, declaro que não tenho com ele nenhum parentesco.*

Contudo, as formalidades burocráticas para a admissão de Edgar em West Point se arrastaram por semanas, meses. Ele partiu, então, para Baltimore e se instalou na casa de Maria

Clemm, irmã de seu pai. Nessa casa, conheceu sua avó paterna, que tinha já uma idade avançada e estava paralítica; e reencontrou seu irmão, William Henry, que fora marinheiro. Também conheceu sua priminha Virginia, que tinha apenas sete anos de idade — ela nascera em 22 de agosto de 1822. Imediatamente, estabeleceu-se entre os dois primos uma estranha relação fraternal. Edgar acompanhava a menina em longos passeios, contando-lhe maravilhosas histórias que ele mesmo imaginava, e se serviu dela para permutar cartinhas melosas com uma jovem vizinha, Mary Devereaux.

Esse foi um dos raros períodos felizes da vida de Edgar. A sorte lhe sorriu também no campo literário. Logo após uma apreciação favorável do crítico John Neal (1793-1876) nas edições de setembro e dezembro de 1829 da "Yankee and Boston Literary Gazette", o seu poema "Al Aaraaf" foi editado, juntamente com "Tamerlane and Other Poems", pela "Hatch & Dunning". Não era exatamente a glória, mas pelo menos Edgar já não era mais um desconhecido no mundo das letras.

Talvez esse acontecimento tenha servido para abrandar o coração do Sr. John Allan — todavia, acreditamos que tenha sido mesmo a perspectiva de o filho adotivo estar prestes a ingressar na prestigiosa Academia Militar de West Point —, que permitiu que Edgar regressasse à sua casa em janeiro de 1830. O poeta pôde, ainda que por pouco tempo, voltar ao fausto.

Finalmente, em março de 1830 chegou a esperada nomeação de Edgar para a Academia Militar. Os exames de admissão aconteceriam no final de junho. Em maio, Edgar se despediu de John Allan e partiu para West Point. Fez uma parada em Baltimore para visitar seus parentes. Em 1º de julho de 1830, prestou o juramento, sendo admitido na Academia Militar de West Point, onde permaneceria até fevereiro de 1831.

Nos primeiros meses em West Point, Edgar se declarou *extremamente satisfeito com tudo e com todos.* Porém, a vida dispendiosa que sustentava — para poder manter as aparências junto aos seus colegas ricos — o obrigou a contrair dívidas que, como de costume, John Allan se recusou a pagar. Por essa época, o Sr. Allan havia casado novamente — sua nova esposa, Louisa Gabriella Patterson, era aproximadamente vinte anos mais jovem que ele — e estava à espera de um herdeiro legítimo. Portanto, Edgar já não podia mais contar com a fortuna de seu pai adotivo. Então, resolvido a abandonar a academia militar, começou a faltar às aulas, a não ir ao culto religioso... e, certo dia, desertou do posto da guarda. Em razão disso, o Tribunal Militar o expulsou ignominiosamente de West Point. Sem perda de tempo, Edgar se dirigiu para Nova York, a fim de editar um novo livro de poemas, dedicado ao corpo de cadetes da Academia Militar de West Point.

Em Nova York, Edgar quase morreu, vítima de um resfriado, tendo uma séria infecção do ouvido.

Sem dinheiro e sem outra alternativa, o poeta, mais uma vez, viu-se obrigado a apelar para John Allan. Não é necessário dizer que sua apelação foi totalmente em vão. Edgar permaneceu em Nova York até a publicação de seu novo livro, "Poems - Second Edition", com um prefácio dirigido ao *Querido B.*, a partir do qual algumas opiniões críticas do jovem autor foram pela primeira vez expostas.

No final de março de 1831, Edgar partiu de Nova York e foi para Baltimore, instalando-se de novo na casa de sua tia Maria Clemm, uma senhora bondosa e que, segundo Charles Baudelaire (1821-1867), era *o anjo da guarda do poeta.* O irmão de Edgar, William Henry, que faleceria em 1º de agosto de 1831 — ele se entregara ao vício da bebida —, ainda morava na casa da Sra. Clemm.

Nesse período, Edgar procurou dedicar-se à prosa — escreveu alguns contos. Também reatou seu romance com Mary Devereaux. No entanto, esse romance terminou bruscamente no dia em que o poeta, embriagado, chicoteou o tio da moça.

Em outubro de 1833, veio, enfim, o primeiro sucesso concreto: Edgar ganhou, com o conto "Manuscrito Encontrado numa Garrafa", o prêmio de cinquenta dólares num concurso organizado pelo jornal "Baltimore Saturday Visiter". O dinheiro supriu as terríveis necessidades da família. Mas o efeito mais importante para a carreira de Poe veio de um eminente membro do júri, John P. Kennedy (1795-1870), homem muito rico, bondoso e que, tendo se afeiçoado pelo jovem autor, recomendou-o a Thomas Wilkes White, diretor do "Southern Literary Messenger", de Richmond.

White contratou imediatamente Edgar, que começou a colaborar com críticas e contos e, depois, foi convidado a ir para Richmond, como *redator para todo o serviço.* Data dessa época a única peça de Poe, "Cenas de 'Policiano'" (*"Politian"*), talvez escrita por influência de John P. Kennedy, que era teatrólogo.

Também nessa época, Edgar e Virginia se tornaram mais íntimos e, por volta do início de 1835, começaram a falar em casamento. Escandalizado, um parente de Virginia declarou que ela era ainda muito jovem para se casar e que estava disposto a cuidar dela até que completasse dezoito anos. Entretanto, Edgar tinha uma aliada preciosa na pessoa de sua tia Maria, que o amava como a um filho.

Os projetos matrimoniais foram deixados de lado quando, em julho de 1835, Edgar aceitou o emprego no periódico de Thomas White.

Mais uma vez, Edgar estava em Richmond, onde seu pai adotivo havia morrido em 27 de março de 1834. O nome do poeta nem sequer fora mencionado no testamento.

Decidido a conquistar a glória a qualquer preço, Edgar se atirou febrilmente ao trabalho. *Agora sou feliz e com uma excelente expectativa de triunfo,* escreveu ele a John P. Kennedy. Mas bastaram algumas poucas semanas, e novamente todos esses seus sentimentos mudaram. *Nesta altura, encontro-me num estado verdadeiramente lastimável,* declarou. *Sofro de uma depressão que jamais experimentei. Tenho lutado em vão contra a melancolia. Encontro-me, pois, num estado miserável, e ignoro o porquê.* Então, entregou-se à bebida e perdeu todo o interesse pelo trabalho. Sem outra alternativa, Thomas White o despediu.

Como sempre acontecia nos momentos de maior desespero e sem ter a quem recorrer, Edgar regressou a Baltimore, indo buscar refúgio na casa de *mamãe* Clemm. Em 22 de setembro de 1835, realizou-se secretamente seu casamento com sua jovem prima.

Nesse meio-tempo, John P. Kennedy intercedeu junto de Thomas White em favor de Edgar. White acabou readmitindo-o com *uma advertência paternal* e a condição de ele comportar-se bem.

Edgar regressou a Richmond, acompanhado por sua esposa e sua tia. Foram morar numa pensão de propriedade de uma tal Sra. Yarrington, na Praça do Capitólio.

A partir do outono de 1835, Edgar se entregou a um trabalho tenaz e duro, como redator-auxiliar de Thomas White no "Southern Literary Messenger". E, em pouco tempo, a tiragem do periódico aumentou de setecentos para três mil exemplares. Poe foi nomeado redator-chefe, tornando-se um dos jornalistas mais influentes do sul dos Estados Unidos. Então, muitos de seus poemas foram republicados depois de revistos — Poe parecia nunca estar satisfeito com o que escrevia e passou a vida inteira reescrevendo seus poemas. Por outro lado, diversas histórias — entre elas "Metzengerstein" — que pretendia publicar num volume intitulado "Tales of the Folio Club" apareceram no "Messenger" e logo chamaram a atenção por causa de seu estilo mórbido e pelas descrições cheias de aspectos trágicos e macabros.

Foi nessa época que Edgar pôde casar-se oficialmente com Virginia, já que o primeiro matrimônio não tinha valor legal algum. E, em 16 de maio de 1836, Edgar Allan Poe, com vinte e sete anos, desposava Virginia Clemm, que tinha quase catorze anos. Uma testemunha complacente atestou, então, que a jovem tinha vinte e um anos! O pastor presbiteriano que oficializou a cerimônia devia estar com os dois olhos fechados para não perceber que isso era uma mentira, uma vez que Virginia tinha a aparência de uma menina. O casamento foi realizado na pensão da Sra. Yarrington.

O poeta encontrou finalmente uma família. Mas teria também encontrado a felicidade, a paz? A resposta é não. Novamente, não conseguiu dominar seu espírito desassossegado, indo buscar refúgio no álcool e nas drogas. Suas crises passaram a ser mais constantes e violentas, caindo em terríveis fases de depressão, que o faziam detestar sua profissão. Tinha fixação num projeto que o perseguia desde os tempos de Baltimore: ser o editor de um grande magazine literário — Poe foi, sem dúvida alguma, um dos primeiros homens no mundo a perceber as possibilidades do jornalismo moderno no que se refere a um magazine. Começou a pensar em transferir-se para o Norte, um pouco devido à sua crescente fama e muito devido aos atritos cada vez mais frequentes com Thomas White em virtude de não haver cumprido o que prometera e embebedar-se constantemente.

Em janeiro de 1837, Edgar abandonou seu cargo no "Southern Literary Messenger" e partiu com a família para Nova York, indo morar num edifício na esquina da Sexta Avenida com a Praça Waverly, no mesmo andar em que residia o livreiro William Gowans (1803-1870), que muito o ajudaria.

E o que levara Edgar a escolher Nova York para fixar residência? A resposta é muito simples: porque tinha ali alguns conhecidos — entre os quais, James Kirke Paulding, os irmãos Harper e o professor Charles Anthon —, pessoas com quem fizera amizade por correspondência.

Uma dessas pessoas, o Sr. Paulding, havia sugerido a Edgar, em fevereiro de 1836, que *ele deveria escrever uma longa narrativa de cunho bem popular.* Lembrando-se dessa sugestão, Poe escreveu "Narrativa de Arthur Gordon Pym", publicada em livro pelos irmãos Harper em 1838. O êxito do livro foi pequeno e não lhe trouxe nenhum dinheiro. Talvez isso o motivou a negociar com o Sr. White a sua publicação em forma de folhetim no "Southern Literary Messenger".

A despeito de sua fama, Edgar não conseguiu arrumar um emprego fixo. Assim, coube à bondosa Sra. Maria Clemm a incumbência de sustentar a filha e o sobrinho. Ela alugou uma casa na Rua Carmine e passou a aceitar pensionistas.

Dizendo-se perseguido e incompreendido, Edgar estava reduzido a mais absoluta miséria. Porém, contava com a ajuda do livreiro Gowans, que, agora, era um dos pensionistas da Sra. Clemm. E o livreiro o apresentou a alguns literatos, entre os quais um inglês de nome James Pedder, que não tinha o mínimo talento para escrever, mas tinha ligações com alguns magazines da Filadélfia, na época o grande centro editorial dos Estados Unidos. Pedder induziu Edgar a mudar-se para essa cidade, onde tinha duas irmãs que eram proprietárias de uma casa de cômodos na Rua Doze. Assim, um pouco antes do final do agosto de 1838, Edgar, acompanhado por sua esposa, sua tia e James Pedder, mudou-se para a Filadélfia. A princípio, foram pensionistas das irmãs do Sr. Pedder; entretanto, logo o poeta decidiu mudar-se para mais perto das livrarias e tipografias. Então, tinha em mente dois projetos: "Primeiro Livro do Concologista ou Sistema de Malacologia dos Testáceos" e uma coletânea com seus contos escolhidos. No primeiro, teria a seu cargo a editoração, mais um prefácio e uma introdução, tendo ainda de assiná-lo. Foi apenas um trabalho mercenário que lhe rendeu cinquenta dólares e ainda a acusação de haver plagiado o livro de um naturalista inglês, o capitão Thomas Brown (1785-1862). O segundo, "Tales of the Grotesque and Arabesque", publicado em dois volumes em 1840, foi um fracasso total e não lhe rendeu um centavo sequer — tudo o que recebeu foram alguns exemplares para distribuir entre os amigos.

Por volta dos meados de 1839, Edgar arrumou um emprego fixo: escrever artigos sobre esportes e resenhas literárias no "Burton's Gentleman's Magazine". Nessa publicação, cujo proprietário era o jornalista e empresário teatral William Evans Burton (1804-1860), apareceram algumas poesias de Poe — "A Alguém no Paraíso"("To One in Paradise"), escrita em 1833, foi uma delas — e alguns contos importantes e famosos — "A Queda da Casa de Usher", "William Wilson", "Morella", entre outros.

Nesse ínterim, Edgar também se correspondeu com algumas figuras notáveis das letras norte-americanas, entre as quais Washington Irving (1783-1859).

A mente inquieta de Edgar o levou a ansiar novamente poder possuir uma publicação própria. Então, em janeiro de 1841, ele lançou o prospecto do projeto do "Penn Magazine", *um jornal literário mensal a ser redigido e publicado (por Edgar A. Poe) na Filadélfia.* Nesse prospecto, expôs *toda a sua teoria a respeito de um magazine.* Era sua intenção, com o prospecto, sensibilizar futuros sócios para seu empreendimento. O projeto não vingou, e o escritor foi obrigado uma vez mais a aceitar um trabalho assalariado. Dessa vez, no "Graham's Magazine", recebendo um ordenado de oitocentos dólares por ano.

Em pouco tempo, graças à capacidade editorial de Edgar e à colaboração de notáveis redatores — todos contratados por Poe —, a tiragem do "Graham's Magazine" foi aumentada de cinco mil para quarenta mil exemplares. Durante o período em que ocupou o cargo de editor da revista — fevereiro de 1841 a abril de 1842 —, Edgar publicou alguns de seus melhores trabalhos e chamou a atenção do público e da crítica em geral. Tornou-se, então, vastamente conhecido como competente redator, crítico brilhante e severo, escritor de histórias arrepiantes e poeta. Mas logo voltou a almejar ser dono de seu próprio magazine e se entregou à bebida, o que motivou *o notável e competentíssimo redator e antologista Rufus Wilmot Griswold* (1815-1857) a ser contratado para seu cargo. Ao encontrar, certo dia, Griswold sentado em sua cadeira, Edgar abandonou a redação do "Graham's Magazine" e nunca mais voltou, passando apenas a colaborar na publicação.

Em seguida, Edgar tentou encontrar emprego na alfândega da Filadélfia, contando com a ajuda de amigos influentes em Washington. Porém, uma malfadada visita à Casa Branca, em que compareceu completamente embriagado, pôs tudo a perder e nem mesmo seus amigos influentes puderam ajudá-lo.

Edgar estava na mais completa miséria. E ficou desesperado, vendo sua amada esposa definhar-se devido à tuberculose. Recorreu então à bebida — há provas de que também começou a fazer uso do ópio.

Em 6 de abril de 1844, no auge do desespero e com pouco mais de quatro dólares no bolso, Edgar embarcou com a família para Nova York. Foram residir no número 130 da Rua Greenwich, numa pensão miserável.

Mesmo desesperado, Edgar conseguiu ainda forças para escrever para o jornal "New York Sun", uma balela — na época, as balelas estavam em voga e eram até incentivadas pelos editores —, "A Balela do Balão", que se tornou um grande sucesso, permitindo à família se mudar para uma pensão de melhor aspecto.

Antes do final da primavera de 1844, um piedoso casal de irlandeses, os Brennans, proprietário de uma fazenda localizada na Estrada de Bloomingdale — hoje, no local, situa-se a Rua 84 e a Broadway —, deu asilo para a família Poe. E foi nesse aprazível vale do Rio Hudson que Edgar concluiu seu famoso poema "O Corvo" ("The Raven"), no qual vinha trabalhando desde 1841-1842.

No verão de 1844, Edgar se correspondeu com o escritor James Russell Lowell (1819-1891). E, no outono, estava novamente sem dinheiro. Então, a Sra. Clemm resolveu procurar trabalho para Edgar e não foi difícil para ela convencer o bondoso

Sr. Nathaniel Parker Willis (1806-1867), editor do jornal "Evening Mirror", de Nova York, a empregá-lo como redator.

Ainda que não fosse esse o tipo de trabalho que almejava, Edgar procurou valer-se dele em seu próprio benefício e, a fim de chamar atenção para si, fez rasgados elogios à poesia de certa srta. Elizabeth Barrett — depois, Sra. Robert Browning — e iniciou uma polêmica com o poeta Henry Longfellow (1807-1882), a quem chamou de plagiador.

Embora o Sr. Willis demonstrasse um especial carinho por ele, Edgar, desgostoso, já começava a pensar em abandonar suas medíocres funções. Foi quando Lowell o apresentou a um grupo de jornalistas que estava prestes a lançar o "Broadway Journal", financiado por um tal Briggs. Edgar foi logo contratado como redator-geral. Assim, deixou a publicação do Sr. Willis, *que se conservaria seu fiel amigo até o fim.*

Em 29 de janeiro de 1845, o "Evening Mirror" publicou o poema "O Corvo", sem mencionar o nome do poeta. Foi um sucesso. E, na edição de 8 de fevereiro, o poema voltou a ser publicado, agora tendo o nome de seu autor. Foi o triunfo! O *frisson*! O público ficou literalmente galvanizado por tão insólita poesia. Finalmente o nome de Edgar Allan Poe estava ao lado dos maiores luminares das letras contemporâneas.

Esse sucesso literário veio acompanhado de um sucesso mundano. Edgar principiou a percorrer todos os estados para declamar o seu grande sucesso. Foi um período de deslumbramento.

Foi também um período em que se apaixonou por diversas mulheres ligadas à literatura. Uma dessas mulheres foi a bela poetisa Frances Sargent Osgood (1811-1850), esposa de um pintor de certo renome. Os dois eram vistos constantemente juntos. Devido ao escândalo provocado por sua ligação amorosa com Poe e também ao seu estado de tuberculosa, Frances teve de viajar para Albany, no estado de Nova York. Edgar a acompanhou. Depois, viajaram a Boston e Providence. Nessa cidade, ele conheceu a Sra. Sarah Helen Whitman (1803-1878), de certa reputação literária e de *considerável encanto*. O segundo poema "A Helena" ("To Helen", 1848) celebra esse encontro.

Em outubro de 1845, Edgar obteve os direitos exclusivos do "Broadway Journal", algo que nunca deveria ter feito. Investiu na publicação todo o seu dinheiro e, em pouco tempo, encontrou-se inadimplente. Procurou desesperadamente um sócio. Foi uma busca em vão e, não conseguindo resgatar uma letra de cinquenta dólares, desistiu da publicação.

Mais uma vez, *mamãe* Clemm foi em seu auxílio e o levou para o campo, para Fordham. Foram habitar uma casinha de madeira onde, na mais completa miséria, viveram da caridade dos vizinhos e dos donativos de pessoas piedosas.

Nessa época, uma das grandes alegrias do poeta era ouvir sua jovem esposa, Virginia — ela estava com a saúde cada vez mais debilitada —, cantar, sentada ao piano ou dedilhando a harpa. Certa noite, a melodia se interrompeu bruscamente: um vaso dos pulmões de Virginia se rompera, e Edgar não ouviria *nunca mais* a voz que o enlevava. A partir daí, Virginia não podia mais suportar a menor mudança de temperatura e tinha necessidade de tratamentos que o marido não podia lhe dar devido à falta de recursos. Em sua memória, Edgar compôs o angustiante "Ulalume" ("Ulalume: A Ballad", 1847).

Um pouco antes de Virginia falecer, a Sra. Marie Louise Shew (1821-1877), uma amiga de Edgar dos tempos de Nova York, visitou-o. Então, encontrou a jovem esposa do poeta deitada numa cama de palha e enrolada num capote. Na casa, não havia alimento algum. Angustiada, Marie Louise fez *um apelo público pelos jornais, e imediatamente as necessidades da família foram aliviadas.*

Após a morte de Virginia, ocorrida em 30 de janeiro de 1847, a Sra. Shew continuou visitando Edgar. *Mas se viu obrigada a retirar-se devido às exigências amorosas de seu amigo.*

Em homenagem a ela, Poe escreveu um poema. Também em Fordham, Edgar redigiu "Eureka", uma longa dissertação *semi-científica e metafísica.* Esse livro, publicado em 1848 por Geo P. Putnam, de Nova York, foi como os demais, um fracasso editorial, apesar de Edgar já ser um nome famoso.

Durante todo o verão de 1847, Edgar Allan Poe fez uma série de conferências em diversas cidades. Numa dessas cidades, Lowell, no estado de Massachusetts, conheceu a Sra. Annie Richmond (1820-1898), para quem escreveu o poema "Para Annie" ("For Annie", 1849).

Depois, em Fordham, Edgar reviu a Sra. Sarah Helen Whitman. Imediatamente começou a cortejá-la e lhe enviou várias cartas apaixonadas. Chegou a pedi-la em casamento. Porém, a mulher relutou em aceitar o pedido, pressentindo que havia algo de artificial na paixão do poeta por ela. E seu pressentimento estava certo, pois, nem bem a pedira em casamento, Edgar se voltou para a Sra. Richmond, confessando-se *escravo de seus encantos.* Essa facilidade em apaixonar-se *perdidamente* pelas mulheres levou o infeliz Edgar a um lastimável estado de espírito. Em novembro de 1848, ele tentou suicidar-se ingerindo láudano. Felizmente, a dose foi pequena e provocou apenas vômitos.

Então, Edgar retornou a Fordham para receber os cuidados confortadores de *mamãe* Clemm. A seguir, voltou a procurar a Sra. Whitman. Seu estado, na ocasião, era deplorável. Devido a isso e pressionada pelos parentes, a mulher o descartou.

Nesse meio-tempo, as editoras para as quais Edgar trabalhava faliram, e ele ficou sem receber pelos manuscritos remetidos. Passou a delirar, imaginando-se proprietário de "The Stylus", *o jornal literário mais importante do mundo.* Nesses delírios, via também *o rosto diáfano de uma mulher minada pela tísica.* Foi mais ou menos nessa época que ele escreveu: *Há seis anos, uma mulher que eu amava como jamais amou outro homem teve uma corda vocal partida quando cantava. Temeu-se pela sua vida. Comecei então a separar-me dela pouco a pouco e para sempre. Um ano mais tarde, a corda tornou a romper-se. E eu voltei a sofrer o mesmo suplício. Depois, uma vez ainda, e outra... e mais outra. Cada crise da doença me fazia amá-la com mais ternura e me acorrentava à sua vida com obstinação cada vez maior e mais desesperada. E sofri toda a agonia de sua morte.*

Refeito, *mas um fantasma de si mesmo,* e sempre pensando em seu jornal literário, o fantástico "The Stylus", Edgar deixou a Sra. Clemm em Nova York sob os cuidados de uma poetisa amiga e partiu para uma série de conferências em Richmond e Norfolk. Numa dessas viagens, encontrou-se com a Sra. Shelton, em solteira Sarah Elmira Royster, um de seus primeiros amores.

Edgar e Elmira haviam se conhecido por volta de 1824. Ele era, então, um rapaz bonito — de semblante quase sempre tristonho — e pouco comunicativo. Tinha uma conversa verdadeiramente empolgante quando discorria sobre temas que lhe interessavam, porque se inflamava, tomado de um entusiasmo impetuoso. Assim era o Edgar Poe que Elmira conhecera. Mas o namoro dos dois durara pouco. O pai da jovem os separara. Mantiveram, contudo, contatos esporádicos. Trocavam entre si cartas em que juravam amor eterno um pelo outro. No entanto, o Sr. Royster não era tolo. Interceptou várias dessas cartas e terminara casando a filha com um comerciante idoso chamado A. Barrett Shelton, que era justamente o oposto de Edgar: pouco inteligente, mas rico. Agora, mais de vinte anos depois, o amor entre Edgar e Elmira reflorescia. Porém, em que circunstâncias? *Por causa de "The Stylus",* escreveu uma das supostas amigas do poeta. *Poe tinha, antes de tudo, absoluta necessidade de dinheiro. Todo o resto dependia disso. O dinheiro era indispensável para ele, não lhe importando o sacrifício que tivesse de fazer. Foi assim que nasceu "o negócio Shelton".* A Sra. Shelton era uma mulher muito respeitável, embora de maneiras fúteis e espírito vulgar. E não possuía os encantos capazes de atrair um homem do gosto e do temperamento de Edgar. Portanto, o poeta se reaproximou dela mais como um caçador de dotes que como um cavalheiro. E se apressou em lhe falar de certo retrato que tirara quando jovem e que conservava como a coisa que lhe era mais preciosa no mundo. Disse também que iria escrever para *mamae* Clemm e pediria a ela para enviar, o mais depressa possível, o tal retrato. E assim o fez. No entanto, não esqueceu de indicar na carta a resposta que sua *mamãezinha* deveria lhe dar: *Eis o que deve me escrever textualmente: "Procurei com pertinácia o retrato da Sra. Shelton, mas não consegui encontrá-lo em parte alguma. Rebusquei em todas as gavetas, folheei todos os livros, um por um; e, se não foi Elisa White que o levou, então não sei que rumo teve. A última vez que o vi foi nas mãos dela. No entanto, a cópia que tu manchaste de tinta deveria estar ainda aqui. Tentarei encontrá-la".* Na verdade, Edgar tinha necessidade de recorrer a semelhante estratagema, pois a viúva estava muito bem impressionada com ele. *Era um dos homens mais sedutores que conheci. Admirava-o mais que a qualquer outro,* confessaria ela mais tarde. Com amor verdadeiro ou fingido, o casamento foi finalmente marcado para 17 de outubro de 1849.

Edgar se apressou em partir para Nova York. Devia ir procurar *mamae* Clemm e também ver um editor.

Em 27 de setembro de 1849, Edgar partiu para Nova York. Fez uma parada em Baltimore para visitar um amigo, o dr. Nathan C. Brooks. Já estava meio embriagado. Depois, encontraram-no desmaiado e sem bagagem no expresso para Filadélfia e o mandaram de volta para Baltimore. Quando ele chegou a Baltimore, realizava-se eleição para membros do congresso e representantes do legislativo estadual. As práticas políticas eram as mais primitivas e grosseiras que se possam imaginar. Para votar, não eram necessários título de eleitor e listas de votantes. Bastava a pessoa apresentar-se num escritório eleitoral e, ali, na presença de testemunhas, jurar que ainda não havia votado — assim, uma pessoa podia votar várias vezes, em lugares diferentes. Quadrilhas de malfeitores infestavam a cidade a fim de conseguir o maior número de eleitores para esse ou aquele candidato ou partido. E o infeliz Edgar caiu nas garras de um desses bandos, que o levou as mais sórdidas tabernas e o embebedou com todo tipo de bebida alcoólica. Não demorou muito, e Edgar sofreu um ataque de *delirium tremens*. Então, seus carrascos involuntários o abandonaram já meio morto numa viela. Foi encontrado em 3 de outubro por um tipógrafo do "Baltimore Sun", Joseph W. Walker, que chamou o dr. James E. Snodgrass (1813-1880), único nome que conseguiu dar jeito no farrapo humano. Assim que viu Edgar — *Seu rosto estava macilento, para não dizer entumecido, e sujo; seu cabelo despenteado; e toda a sua aparência física, repulsiva. Estava sem colete e sem colarinho, enquanto o peito da camisa se mostrava tão amarrotado quanto horrivelmente sujo...* —, o dr. Snodgrass o mandou para o Hospital Washington.

Edgar ficou em coma durante vários dias. De quando em quando, delirava, chamando repetidas vezes um tal Reynolds — possivelmente, J. N. Reynolds, ligado a um projeto de exploração dos mares polares do Sul. Edgar se mostrara interessado por isso por volta de 1837-1838. Talvez tenha até entrevistado Reynolds em Nova York, quando "Narrativa de Arthur Gordon Pym" foi publicado. Depois, acalmava-se. Foi encontrar a paz definitiva na morte.

Edgar Allan Poe foi um mestre do horror. Escreveu uma série de contos que são verdadeiras obras-primas do macabro e do sobrenatural. Contos que conquistaram uma legião de fãs em todo o mundo.

Este segundo volume de "Sociedade dos Corvos", organizado pela incansável e batalhadora Camila B. Kaihatsu, reúne dezenove histórias escritas por autores brasileiros — Alfredo Alvarenga, Bruno Godoi, a própria Camila, Carlos H. F. Gomes, Leonardo Duprates, Mateus Herpich, Morphine Epiphany, Natanael Otávio, entre outros — que prestam uma homenagem a Edgar Allan Poe ao se inspirarem em alguns de seus mais célebres contos.

Desejamos a todos uma boa leitura e, depois, bons sonhos!

RUBENS FRANCISCO LUCCHETTI, mais conhecido como R. F. Lucchetti, é ficcionista e roteirista de cinema e quadrinhos.

MARCO AURÉLIO LUCCHETTI, professor universitário e pesquisador de cinema, quadrinhos e literatura, é editor da coleção R. F. Lucchetti da Editorial Corvo.

A SOCIEDADE DOS CORVOS

A Sociedade dos Corvos é um grupo de autores e ilustradores fãs de Edgar Allan Poe, cujo célebre poema, "O Corvo", serviu de inspiração para batizar o nome do grupo.

O livro reúne os novos talentos do horror brasileiro, que prestam um tributo aos duzentos e dez anos de Edgar Allan Poe inspirando-se em seus poemas e contos para os textos que compõe esta obra.

Ainda tivemos o privilégio de termos um prefácio escrito a quatro mãos, pelo mestre do horror nacional, R. F. Lucchetti, que participou do volume I como autor convidado, e pelo editor Marco Aurélio Lucchetti.

C. B. KAIHATSU

NOSSAS REDES SOCIAIS:

Fanpage: http://fb.me/sociedadedoscorvos/

Instagram: @sociedadedoscorvos_book

OS AUTORES

Alfredo Alvarenga
Bruno Godoi
C. B. Kaihatsu
C. David
Carlos H. F. Gomes
Erisvaldo Correia
Igor Chacon
J. A. Nalon
Leonardo Duprates
L. J. Lunewalker
Mateus Herpich
Meg Mendes
Morphine Epiphany
Natanael Otávio
Rafael Danesin
Ricardo Ventura
Rodrigo Ortiz Vinholo
Sergio Mattos
W. F. Endlich

OS ILUSTRADORES

Haniel de Farias Luiz
J. A. Nalon
Rafael Danesin

ALFREDO ALVARENGA

Alfredo Alvarenga nasceu em 1988 e é formado em História pela Universidade de Sorocaba. Escreve desde a adolescência, influenciado pelos mestres do terror, como Edgar Allan Poe, Bram Stoker, Robert W. Chambers e H. P. Lovecraft. Publicou sua primeira coletânea no ano de 2008.

Suas obras abordam geralmente os gêneros terror, horror cósmico, suspense noir e ficção científica. Desde o ano de 2015, vem participando ativamente de inúmeras antologias, com destaques para "O Corvo: Um Livro Colaborativo", "A Sociedade dos Corvos", "A Arte do Terror – História", "Insanidade", "De Volta a Salem", "Daemonum Sigillum – As Crônicas da Goécia", "Creepy Pastas – Lendas da Internet" e "Revista Diário Macabro nº 3".

Em 2017, lançou "Versos Malditos", uma coletânea ilustrada com alguns de seus melhores contos.

E-MAIL:

alfredo.alfredoalvarenga@hotmail.com

FANPAGE:

https://fb.me/Alfredo-Alvarenga-1840398876205307/~

WATTPAD:

https://www.wattpad.com/user/FredAlvarenga9

RECANTO DAS LETRAS:

https://www.recantodasletras.com.br/autor.php?id=189526

Alfredo Alvarenga se inspirou no conto "The Oval Portrait". A obra foi publicada originalmente como "Life in Death" em 1842 e posteriormente, em 1845, como "The Oval Portrait".

Então o pintor deu a pincelada sobre os lábios e a sombra sobre os olhos e, durante um momento, quedou em êxtase ante o trabalho que tinha realizado; um minuto depois, quando o olhava extasiado, um estremecimento de terror percorreu seu corpo e começou a gritar com voz aguda e destemperada. — É a vida, é a própria vida que eu aprisionei na tela!

"O Retrato Oval", Edgar Allan Poe.

A PINTURA

Alfredo Alvarenga

Penso que estamos perdendo a beleza, e existe o perigo de que, com isso, percamos o sentido da vida.

Roger Scruton[1]

Sempre acreditei que o mundo contemporâneo carecesse da beleza singela que tão docilmente foi retratada pelos mestres do passado em suas obras. As formas medonhas da arte moderna produziam em mim um grande sentimento de asco, um repúdio profundo perante a materialização da degradação generalizada pela qual nossa civilização a passos largos caminha rumo ao abismo da obliteração. Era nas artes clássicas e na sofisticação arcaica que deleitava minha alma, e nas pinceladas sublimes que encontrava repouso e paz. Porém, foi justamente contemplando a beleza que encontrei o horror e a loucura que, hoje, arrastam-me para uma espiral de perdição sem fim.

Eu, além de ser um amante incontestável da verdadeira arte, que, aos poucos, perde-se em nossa sociedade cada vez mais imediatista e fútil, também trabalhava como negociador de antiguidades, fazendo a minha parte para preservar o requinte do passado e lutando contra essa sociedade desalmada e estéril.

1 Roger Scruton, filósofo britânico cuja especialidade é a estética e a beleza.

Até meados de 1930, qualquer pessoa identificaria a arte apenas com uma palavra... "beleza". Fossem pinturas, poesias, músicas, ou mesmo a arquitetura ou objetos triviais do cotidiano, era a "beleza" o grande mote, a inspiração e o sentimento pungente. Porém, no decorrer do século XX, a busca desenfreada pelo lucro e pelo individualismo e a negação de valores básicos trouxeram ao mundo o nefando culto à feiura, uma ode ao grotesco, ao pragmático e ao impessoal. Assim, eu me via como um paladino da intelectualidade juntando esforços com outros homens e mulheres com espírito sensível em uma busca por um novo renascimento cultural ante essa nova idade das trevas, que gradualmente turvou os olhos do planeta.

Meu trabalho consistia em procurar por peças esquecidas e condenadas ao ostracismo juntamente a inevitável deterioração em várias partes do Brasil e até do mundo, depois redirecioná-las para compradores de gostos refinados que fariam melhor uso delas. Peças de mobiliário colonial, armas medievais brancas, livros raros e pinturas de artistas que infelizmente não foram consagrados, mas que não devem em nada aos grandes nomes em questão de talento, todas essas peças estavam em meu escopo. E eu me entregava, apaixonado, nesse trabalho, um sentimento de amor até maior que o direcionado à minha esposa, Karla, que compartilhava comigo o apreço pela alta cultura, uma vez que ela, sendo uma restauradora de obras de arte, entendia perfeitamente quais emoções me guiavam pela vida.

Um dia, contudo, minha vida e meu entendimento da realidade começaram a trilhar um caminho irreversível rumo a paragens sombrias e inexplicáveis. Havia adquirido uma coleção extraordinária de peças que inexplicavelmente jazia guardada no sótão empoeirado de uma lúgubre mansão pertencente aos herdeiros de uma tradicional família de italianos. Por quase um século, essa família gozou dos lucros abundantes com o comércio antes de encararem a ruína financeira e dilapidarem o patrimônio erguido com suor e esforço dos antepassados que emigraram pobres para o país. Dentre as peças de mobiliário e a luxuosa prataria, destacavam-se, para mim, uma inusitada coleção de telas, quadros que datavam do período barroco italiano e algumas inclusive do Renascimento.

Eram pinturas fantásticas, mesmo que não constassem em guias artísticos e seus autores não fossem laureados com a fama. Estranhava o fato de que essas preciosidades estivessem mofando em um quarto escuro e longe da apreciação dos olhos humanos. Havia ainda um curioso encadernado, um livreto encarquilhado pelo tempo, mas que trazia informações sobre a maior parte dos quadros e de seus pintores, além de outras anotações adjacentes feitas por cada um dos inúmeros proprietários. Ao que tudo indicava, parte daquele acervo já fazia parte de uma coleção reunida já há muitos séculos e adquirida em conjunto pelo rico comerciante italiano. Originalmente, faziam parte de um museu de arte particular de um nobre e também artista da região dos Apeninos. Mais tarde, rastreei que as mesmas peças haviam, após um período de abandono, sido adquiridas por um general francês que, durante as guerras napoleônicas, saqueara a região. Ao que consta, ferido após uma batalha, ele pernoitara nas ruínas do castelo. Posteriormente, as obras foram passando de mãos em mãos até serem arrematadas em um leilão e pararem no Brasil.

Descobri também que grande parte das pinturas fora criada pela mesma mente. As telas eram quase todas da autoria de Giovanni Dalla Pozza, um nobre que se dedicara de corpo e alma às artes plásticas. Embora fosse um anônimo nos dias de hoje, seu trabalho era de um talento raro e inegável, sendo uma verdadeira pena o obscurantismo de seu nome. Mas, dentre todas as pinturas, uma se sobressaía entre as demais, consistindo em um retrato ovalado no qual era representado o busto de uma bela mulher. Não sei dizer se seria o mérito das pinceladas de Dalla Pozza ou o deslumbre estonteante da modelo, e embora estivesse danificado e necessitando de reparos, aquele artefato era sem dúvida o mais belo que já tive em mãos, inigualado até pelos demais exemplares do autor conhecidos por mim.

O retrato oval havia também cativado minha esposa, que tratou de deixar tudo de lado para se dedicar exclusivamente ao seu restauro. Qualquer um que fixasse os olhos nele parecia aturdido por seu poder magnético e se sentia elevado, estando perto do contato sublime com esferas superiores de existência, como só as obras mais estupendas são capazes de arrebatar o espírito humano, tal como dito por Platão.

Infelizmente, esse vislumbre inicial passou a se desvanecer e aos poucos dar lugar a uma presença insidiosa. Não sei explicar em palavras a sensação que passou a pairar sobre meu antiquário. Eu sempre fui cético a respeito do paranormal e nunca dei trela para histórias de fantasmas, talvez ainda não acredite nelas. Contudo, há no encanto do retrato oval algo mais profundo e talvez até maligno que corrompe a sanidade do espectador, tamanha sua venustidade. Um simples olhar sobre a tela faria qualquer um verter lágrimas de euforia e êxtase. Nada feito por mãos humanas poderia ser tão perfeito, tão vívido. Havia alguma espécie de alma que animava aquelas cores em harmonia com as sombras, eu sentia que a imagem era mesmo dotada de vida.

Enquanto estava absorto e abduzido pela "Magnum Opus", de Giovanne Dalla Pozza, não percebia a tragédia que se abatia sobre meu teto. Karla, minha companheira, que se encontrava igualmente obcecada pelo *ritratto ovale*, passou a negligenciar sua própria existência para restituir à peça sua glória original. Às vezes, simplesmente passava horas ininterruptas diante da pintura, hipnotizada ao fitar a prodigiosa maravilha. Logo, passou a definhar enquanto terminava seu trabalho. Eu, igualmente alienado como estava, não reparei que minha amada se tornava cada vez mais lânguida e débil enquanto a pintura parecia resplandecer ainda mais, apenas com seus últimos suspiros é que comecei a fazer essa estranha conexão.

Tentei encontrar nas anotações e no escangalhado livreto informações que pudessem me ajudar a compreender o que estava a se abater sobre minha vida. E somente quando o medo passou a figurar entre meus sentimentos é que reparei nos alertas ali deixados por cada infeliz que, como nós, enamoraram-se por aquela nefasta pintura. Um a um, cada proprietário relatou os efeitos nocivos do retrato e as tragédias que se abateram sobre quem possuísse a obra. A chaga da doença e da morte caía sobre o desafortunado seduzido e, sem piedade, roubava-lhe a essência. Mas foi no guia original da coleção que descobri a blasfema história por trás da confecção anormal da tela.

Giovanni Dalla Pozza era atormentado por suas ideias de perfeição, e a cada novo trabalho tentava dotá-lo com esforço de uma mágica sobre-humana, recorrendo, segundo os rumores, até mesmo a sinistros rituais inomináveis. Não que quisesse fama ou sonhasse com a imortalidade de seu nome, mas apenas por uma devoção desvairada para com a arte e o ensejo da perfeição. E a moça retratada era a jovem mais bonita daquelas bandas, que cometera o erro de se apaixonar pelo artista e com ele se casar, pois Dalla Pozza notoriamente possuía uma amante etérea, a própria arte, e a jovem não conseguia competir com os pincéis e as palhetas. Em dado momento, Giovanni se trancou junto com sua esposa em seu ateliê no alto da torre de seu castelo e lá passou a retratá-la com um ardor inigualável. A paixão febril entre a pintura e a mulher se misturaram e, conforme dava cor e vivacidade à tela, a bela e bondosa jovem adoecia e murchava, como se a tinta absorvesse o princípio vital da modelo. E, por fim, a jovem esposa morreu e o retrato oval tomou seu lugar.

Mesmo tendo essas informações tenebrosas ao meu alcance e compreendendo o poder hediondo do quadro, não consegui evitá-lo. Com a morte de minha esposa, sou eu quem agora está venerando o retrato, pois é um objeto sagrado e miraculoso. Sinto como se ali reluzisse uma deusa para a qual não negaria o devido culto nem um sacrifício, pois, diante da bela perfeição de seus traços, nada parece relevante.

Você pode se perguntar o porquê não o destruo. Ora, como poderia destruir a mais sublime obra de arte da Terra? Como poderia eu, um simples humano e mortal, ter a ousadia de profanar a personificação da transcendência? Mesmo que esteja horrorizado diante de tamanha beleza, não seria capaz de tal monstruosidade. O que fiz foi envolvê-lo em uma mortalha de veludo e deixá-lo bem guardado no fundo falso de um belo baú do século XIX, junto com todos os documentos sobre sua malfadada história, com a esperança de que ninguém o encontre tão cedo. Se o fizer, que preste atenção neste e nos demais alertas antes que seja tarde. Quanto a mim, não conseguirei viver se nunca mais poder admirar aquela obra, e mirá-la é também morrer. Estar longe do retrato oval é doloroso e nada poderá substituir esse vazio. A única solução que encontro para me livrar dos encantos maléficos os quais não compreendo é eu mesmo findar com minha existência. Já deixei preparada uma corda apropriada, será no meu antiquário, entre a devoção de uma vida à arte e ao passado, que encerrarei minha existência, suspirando por um último instante diante da beleza que tanto amei e que, ironicamente, foi a minha perdição.

BRUNO GODOI

Bruno Godoi, escritor espartano de Minas Gerais, é formado em Engenharia Civil, já foi bombeiro militar e é membro da Academia Divinopolitana de Letras. Hoje, escreve histórias de vários gêneros e estilos. Roteirista e assistente editorial, cursou vários cursos de escrita criativa, estruturação de romance e MBA em Editoração de Livros. Conta com seis livros publicados e participação em mais de dez antologias. Para este trabalho, Bruno se inspirou no conto “A Queda da Casa de Usher”, de Edgar Allan Poe.

INSTAGRAM:

@br.godoi

Bruno Godoi se inspirou no conto "The Fall of the House of Usher", publicado em 1839. Em 1840, a obra foi revisada para a coleção "Tales of the Grotesque and Arabesque".

Apareceu, de pé, a figura amortalhada da senhora Madeline de Usher. Sangue na veste branca e vestígios de alguma luta áspera em cada parte do seu corpo emagrecido... Com um grito lamentoso, ela caiu pesadamente sobre o corpo de seu irmão, Roderick Usher... Daquele quarto e daquela casa, eu fugi espantado... De repente, surgiu ao longo da estrada uma luz estranha, me voltei para ver donde poderia ter saído uma claridade tão insólita, pois atrás de mim só havia a mansão de Usher com suas sombras. O resplendor vinha de uma lua cor de sangue, brilhando vivamente através da fenda no telhado da casa... Enquanto eu olhava, a fenda se alargou e a lua inteira invadiu o campo de visão. Meu cérebro sofreu um desfalecimento quando vi que as paredes da casa ruíam, despedaçando-se... e a profunda e sombria lagoa ao lado da mansão fechou-se funebremente por sobre os destroços da Casa de Usher.

"A queda da Casa de Usher",
Edgar Allan Poe.

AS RUÍNAS DA CASA DE USHER

Bruno Godoi

Você já pensou em se matar? Eu não. Mas agora, neste momento, estou me matando. E no meu traje vai uma carta; não é a carta de despedida de um suicida, mas uma ordem para o ato. De toda forma, nunca me passou pela cabeça voltar à ruína da casa de Usher para fazer isso. Eu, que há anos vinha tratando suicidas em potencial, afastando desses desafortunados qualquer semente de autoextermínio que pudesse se mostrar incipiente em tão gélidas e soturnas almas. Era tanta melancolia — esse tormento, mãe da tristeza reinante na doença de um estado mental em ruínas — presenciada nos meus pacientes que poderia me fazer querer morrer junto a eles. Loucos. Deslumbrados vivendo uma novela fantástica e íntima que, depois de postos de volta à realidade pelos inúmeros métodos científicos a partir dos quais me mostrei mestre no ofício, eram atacados por um indissolúvel sentimento da tristeza; sentimento que se apoderava também em menor grau de meu espírito. Era como se eu plantasse em mim o que por duradouras sessões ceifei dos pacientes. E, entre todos eles, constante era a permanência da mãe da tristeza.

Digo, sem meias palavras, que os loucos carregam em si o natural estado de desolação ao se verem sozinhos na labuta a todos nós imposta: o viver. A todos nós, sem exceção. Então, por que não podemos nos matar? Porventura seriam, esses tais loucos, os fiéis felizes em seus mundos imaginários?

Quanto amargor neles via ao trazê-los de volta: o triste retorno ao cotidiano, o fim do torpor e o terrível descair de um véu erguido em irracionalidade que afoga a mais racional mente. De toda forma, com boa fé eu me punha nos projetos medicinais ofertados a mim, sendo apenas paz o que eu tentava lhes transmitir, até mesmo nos meus cinzentos momentos dessa profissão, erguida por mim num segredo tão sombrio quanto o véu da noite que agora paira sobre o lago da antiga casa de Usher.

Este lago envolve meu tronco numa massa fria, pegajosa e lodosa de tristeza úmida que me abraça com a ternura materna. Uma mãe com braços longos, perseguindo-me por onde eu vá. Só há uma forma de me livrar das lembranças que em mim Usher plantou: morte.

A psiquiatria em nada aplacou meu espírito, pois agora me é certo que, a despeito de toda ciência e dedicação, busquei na medicina a cura para a minha própria alma. Não meus pacientes, era eu o objeto de tratamento em cada sessão. E falhei; errei tanto que vou me matar.

Há duas décadas, recebi uma carta de Roderick Usher, meu antigo amigo de infância, dizendo que passava por uma crise grave e que minha presença lhe era por muito estimada. Sem poder negar tão humilde convite de me fazer ter a companhia de meu contemporâneo, pus-me a caminho da soturna casa de Usher, da qual pouca lembrança, naquele tempo, eu resgatei da memória. Quando crianças, apesar de Usher e eu termos sido companheiros íntimos, pouco o conhecia em verdade. Um sujeito de excessiva reserva habitual, de uma família antiga e detentora de notáveis obras de arte, e, acima de tudo, proficientes na ciência musical, fato comprovado pela perícia calculada de Usher ao usar um instrumento de cordas. Sua música fazia com que vibrasse as colunas da casa, aquele monstro gelado de tijolos que flutuava por sobre o lago, descarregando sua imagem invertida na água feito o mais bestial sorriso de um demônio.

A mansão fora erguida com colunas — seriam ossos? — que brotavam à margem da água. Este mesmo lago que me devora com mordidas úmidas, centímetro a centímetro, percorrendo meu tronco num labor semelhante ao mofo subindo por seus pilares de concreto. Posso ver ainda em detalhes, no fundo da mente, a estrutura da propriedade. Ali. Bem ali. É a ruína da casa de Usher. Vejo tijolos amaldiçoados erguidos — seria um sortilégio pensar em mãos demoníacas? — na antiga propriedade daquela família tão cinzenta quanto o abismo.

Usher dizia que havia algo no lago e na disposição dos tijolos que lhe trazia a semente do medo. Talvez, na época, eu o julgava por louco, mas agora sinto ser verdade. É o lago. São os tijolos. É algo do cosmo. A lembrança da casa. A ruína da construção. O simples lampejo da menção ao nome. A casa de Usher. O medo. A herança dessa malfadada família pode ser resumida numa infelicidade incipiente que tarda a lhe sugar para a depressão profunda. Um peso que vai afundá-lo no próprio autoextermínio e lhe entregar a mãe de nós todos: a melancolia mais íntima e silenciosa que você carrega bem aí.

Estou me matando. Caminho mais para o fundo do lago. Não sinto a planta dos pés. Estou uno com o fundo seboso desta água de piche. Nefasta foi a carta de Usher. Duas décadas, e a desgraça em nada diminuiu. Ele queria que eu ficasse com ele em seus últimos momentos; dizia nas laudas que passava por uma enfermidade com que medicina alguma podia lidar. Um mal de família, herança de seu sangue. Que lástima para eles. Tanta riqueza em um lugar tão pobre em alegrias.

Havia uma margem disforme ali, ao lado da casa, que descia até o lago — era um passadiço na mais fiel representação de um estreito para o inferno. Aquele caminho agourento, uma língua negra deitando sobre as águas refulgentes deste lamaçal de lástimas. Este cruel espelho do cinismo: o lago de Usher. Foi por aquele passadiço que fugi da presença de Madeleine de Usher, até ver a lua suar em sangue e vozes de mil tons preencherem o ambiente; então, tudo explodiu numa luz vermelha que turva meus olhos até hoje. Mesmo dormindo, a sinistra vermelhidão cega meu espírito. Preciso apagá-la; de qualquer forma.

Ali. Bem ali. Posso apontar para onde seriam os arredores da propriedade; ali pairava uma atmosfera espectral, própria do lugar e de seus senhores. Atmosfera que não se relacionava com nosso mundo como o ar do céu que sobre nós se estende. Era a atmosfera dos Usher, emanando das árvores apodrecidas. Um vapor místico, verde, pegajoso à pele, vindo, certamente, da mais antiga vilania reinante em nosso planeta — seria de uma entidade antiga? Uma consciência oriunda de um panteão de lendas que pelo tapete de estrelas caminharam até nós?

Lá, bem do alto, descia a fenda em zigue-zague, riscando a frente da casa desde o telhado. A rachadura na casa de Usher que poucos viam; um trinco na sobriedade do lugar. Foi por aquela fenda que vi a lua se transmutar num *iceberg* de gritos para então desabar na mortalha vermelha sobre a mansão, destruindo tudo, matando a todos, animais e operários da casa. Enterrando Usher e Madeleine. Eu vi. Foi real. Uma loucura que minha alma abraçou por vinte anos. Não consegui me livrar disso, pois aqui estou a me pôr novamente dentro da mansão, a despeito de usar meios abstratos para tal, não declaro ser menos danoso caso fosse real esse devaneio; uma vez que mais perigosos são os cenários criados na mente do que as mais afiadas farpas por um caminho a pé.

Lembro-me do arco gótico do vestíbulo da casa, um monstro engolindo almas que por baixo de si adentravam sem nem sequer erguer os olhos para as vigas trabalhadas, cheias de gregas e arabescos. O interior da mansão, repleto de passagens escuras e tortuosas, entalhes do forro, as sombrias tapeçarias das paredes, o negrume de ébano do assoalho e as fantasmagóricas armaduras que retiniam quando eu passava. Tudo na casa de Usher fora erguido para esmagar qualquer mostra de pensamento de seus habitantes. Um palácio erigido para o reinado dessa inteligência das estrelas, representada por um monólito esculpido num dragão verde com asas e tentáculos de polvo sentado num pedestal que Roderick Usher guardava num túnel.

Meu anfitrião Usher havia me alojado num quarto; entre tantos na casa, justamente aquele. Um cômodo sobre o tal túnel escavado a fundo nos alicerces. Escuro, sem aberturas, forrado de cobre. Uma tumba para o mais agressivo dragão capaz de coabitar as excentricidades do mais sagaz escritor. Lá a família infeliz preservava seu legado: o monólito da representação daquela criatura verde. E ali fiquei. No quarto.

Madeleine, que na época vi apenas em relance, chegou a falecer dias depois de minha chegada, disse Usher. Ele, em vez de seguir nos ritos fúnebres, despojou o cadáver da irmã no túnel sob meu alojamento. Torturantes foram os dias que se passaram, pois Madeleine, viva, não morta, lutou loucamente para se livrar do claustro. A enferma cataléptica lutou contra o caixão, vendo-se emoldurada pelo cobre do ambiente, confinada num estado frio do mais perfeito medo instaurado: o de enterrada viva. Ela se pôs em fuga, de alguma forma se libertou e foi reclamar de Usher tamanha injúria; talvez o dragão verde a tenha ajudado. De tudo isso fui testemunha. Testemunha ocular, inerte, sem forças para indagar a Usher sobre os ruídos e queixas que de baixo do meu quarto vinham.

Fomos todos nós da casa de Usher cúmplices do brutal crime contra a frágil Madeleine. E agora aqui estou com uma carta no bolso que começa com os dizeres: "A você, que me viu morrer sem nada fazer, receba o sentimento que em mim foi plantado". E, por fim, uma assinatura para a qual não me atrevi a olhar. Essas palavras causaram em mim certa perplexidade, então me pus novamente a caminho para cá. Covarde e medroso, uma testemunha infantil. É assim que agora me vejo.

Terei coragem para ler a assinatura antes de me matar? É possível Madeleine ainda viver e ter me enviado tal texto? Ou será ação de algum paciente insatisfeito com meus serviços?

Todavia, aqui estou com a carta, e o lago, e as lembranças. As lembranças da casa de Usher. Em verdade digo que a música que Usher dedilhava em seu violão, às vezes, nas horas escuras da noite, quando nos víamos solitários no salão, despertava alguma semente próxima à sensação de quietude, algo que amenizava ímpetos irascíveis e aplacava ansiedades. Isso pelo menos não era apenas minha opinião, mas a de todos na casa.

Aprofundei-me tanto na psiquiatria que pensei não existir nada no mundo pior do que morrer, era esse o mote rebatido por mim como resposta pronta aos pacientes. "Não existe nada pior do que morrer". Eu estava enganado. Esse medo que lhe abraça, que sobe pelo seu corpo como a água deste lago, é a pior coisa possível de se imaginar. Um medo sussurrante, soprado entre frestas; uma ordem vocalizada numa sentença claramente audível de poucas sílabas: mate-se. Mate-se.

Está ventando muito agora. O frio, essa sensação gélida, envolve-me. O céu. O céu está abrindo-se naquela luz vermelha. O mesmo brilho da queda da casa de Usher, uma intenção luminosa vinda do mais fundo abismo que cobre a nós todos. Uma intenção vil, tão antiga feito estrelas. O lago está fechando-se, mas agora não mais sobre as ruínas da casa; a massa líquida envolve meu corpo, devora-me, fecha-se sobre minhas pernas, contorce no meu tronco. Mate-se. A voz vem da luz, um grito vermelho estelar. Esse mal cósmico, sórdido. Mate-se. A carta foi assinada por mim. Eu sou o vilão de minha desgraça; um fantoche na eloquência da vilania. Há algo comigo aqui. É o dragão. A criatura de tentáculos verde. Vou cerrar os olhos e deixar o lago se fechar, novamente — agora comigo junto — sobre as ruínas da casa de Usher.

C. B. KAIHATSU

C. B. Kaihatsu é escritora, poetisa, antologista, engenheira de controle e automação, bailarina clássica e de jazz e colunista cultural do "Jornal Tribuna de Paulínia" e do site "CultEcléticos".

É coautora do livro "Retalhos: Almas em Versos", vencedor do Prêmio Brasil Entre Palavras na categoria de melhor livro de poesia de 2016. Foi organizadora das antologias "A Sociedade dos Corvos", vencedora do Prêmio Brasil Entre Palavras na categoria de melhor livro de contos de 2017, "Sociedade dos Poetas Vivos" e "O Mundo Fantástico de R. F. Lucchetti". Participou de mais de vinte antologias como autora.

É membro do "Maldohorror", coletivo de escritores fantásticos e malditos. Também é idealizadora do projeto literário "Clube dos Cinco".

E-mail:

c.b.kaihatsu@gmail.com

Fanpage:

https://fb.me/C.B.Kaihatsu/

Instagram:

@camilakaihatsu

Twitter:

@camilakaihatsu

Wattpad:

@CBKaihatsu

C. B. Kaihatsu se inspirou no famoso conto "*The Black Cat*", publicado em 1843.

Minha próxima tarefa era a de procurar a besta que tinha sido a causa de tamanha desgraça, porque tinha, finalmente, a firme resolução de matá-la. Se nesse momento tivesse podido encontrá-la, seu destino seria selado, mas aparentemente o animal ardiloso tinha pressentido alguma coisa ou se amedrontado com a violência de minha raiva anterior, evitando apresentar-se diante de mim enquanto durasse minha má disposição.

"O Gato Preto", Edgar Allan Poe.

AS PAREDES DA MORTE

C. B. Kaihatsu

When death calls – there's no tomorrow
When death calls – just an evil shadow.
"When death calls", Black Sabbath

Fiz um pacto com a morte e no último minuto recebi um indulto. Acredito que aquele animal nefando tenha feito arranjo semelhante, uma vez que sobrevivera ao emparedamento. Não perdemos apenas nossas almas e, no meu caso, a humanidade, fomos condenados a viver juntos. É o que eu gosto de acreditar, ou talvez o maldito gato caolho seja minha única ligação com a minha vida anterior.

Após acontecimentos como o brutal assassinato de minha esposa por minhas mãos e a absolvição, herdei bens e uma vultosa quantia de dinheiro de um tio distante que falecera em momento oportuno para mim. Eu era seu único parente vivo.

Deixei para trás aquele lugar juntamente com meu nome e me mudei para o velho casarão de meu falecido tio, que ficava numa cidadezinha no norte do país. Lá ninguém conhecia minha história ou meus pecados, mas logo conheceram meu vício em álcool e meu novo comportamento lascivo.

Realizava suntuosas festas no casarão, nas quais compareciam as pessoas mais influentes da região. Tentavam disfarçar, mas era visível o desconforto que sentiam ao mirar o meu companheiro agourento. Ojeriza seria a palavra certa para descrever o sentimento de todos que cruzavam o caminho daquele gato odioso.

Com o tempo, a loucura tomou conta do meu ser uma vez mais, tornei-me um homem recluso. O casarão não lembrava o palco das gloriosas festividades de outrora, era habitado apenas por mim, o gato e a criadagem. Os criados tinham medo de mim, era como se vissem na minha pessoa o demônio encarnado.

Em uma noite chuvosa em que os relâmpagos rasgavam o céu como lâminas afiadas, um casal pediu abrigo a mim. O coche no qual viajavam havia sido avariado. Recebi de bom grado o homem, a mulher e o cocheiro. O casal parecia ser abastado pelos trajes que usavam, mas, pelos modos, pareciam um exemplo clássico de *nouveau riche*. É fato que minha riqueza também não veio de berço, se não fosse meu finado tio talvez estivesse na sarjeta, contudo aprendi boas maneiras. Ninguém suspeitava que eu não fosse rico de nascimento.

Convidei-os para cear comigo. O meu pensamento estava longe, fingia me interessar pelo que meus convidados tinham a dizer, mas pensamentos perversos dominavam minha mente.

Acomodei-os nos aposentos de hóspedes e esperei pacientemente até adormecerem. Peguei o machado e fui ao quarto do casal com o bichano diabólico em meu encalço. Primeiro golpeei o homem e depois a mulher. Enquanto seus corpos jaziam na cama e o sangue tingia de rubro os lençóis brancos, fui até o aposento no qual acomodara o cocheiro e também o acertei com um golpe certeiro de machado. O gato não soltou um único miado, era como se fôssemos cúmplices de agora em diante.

Tranquei a porta de ambos os quartos e dormi o sono

dos justos, desfrutei de um sono tranquilo como há muito não fazia. Deixei que o gato dormisse no canapé que havia em meu quarto.

Pela manhã, após o desjejum, dispensei todos os empregados. Todos ficaram atônitos, mas nada disseram, acharam mais prudente manter a discrição. Precisava de privacidade total para o que viria a seguir.

Levei os corpos para o porão e, tal qual um artista, refiz a parede. O gato observava enquanto eu ocultava os cadáveres. Dessa vez, certifiquei-me de que ele não seria emparedado junto. Eu não sei dizer se seu olhar era de cumplicidade ou reprovação. Era como se aquele único olho enxergasse dentro de mim e descobrisse cada pensamento degenerado que habitava minha mente.

Como o casarão ficava num local ermo da cidade, ninguém suspeitaria, e quem saberia da passagem dos forasteiros? Soltei os cavalos e queimei o coche.

Depois desse dia, algo mudou. A insanidade me dominou quase por completo. Os empregados, cada vez mais amedrontados com o meu novo eu, demitiram-se um a um. Não consegui substituí-los, depois de algumas semanas desisti de tentar. Seria mais apropriado para os meus propósitos o isolamento em sua plenitude.

O único contato que eu tinha além do meu amigo felino era com um rapaz que semanalmente ia até o casarão para anotar todos os provimentos de que precisava. Eu o pagava para ir à cidade providenciar tudo e depois trazer a mim.

A solitude consumiu aos poucos o fiapo de sanidade que ainda restava em mim. Amaldiçoado seja o dia no qual sucumbi à perversidade, perversidade essa que existe em cada um de nós, em maior ou menor grau, no meu caso em um grau elevado.

Eu estava controlando minha sanha homicida e a vontade crescente de dar cabo do gato, mas o destino me pregou uma peça.

Um jovem homem que viajava a cavalo cruzou o caminho do nefasto casarão, cumprimentei-o e iniciamos uma agradável conversa. Convidei-o para uma bebida; primeiro recusou, porém fui tão efusivo no convite que o homem acabou por aceitar.

Ele esperou na sala de estar enquanto fui buscar o meu melhor uísque, misturei um opiáceo — do qual fazia uso regular — na bebida de meu visitante. Conversamos sobre negócios, amenidades e mulheres.

Logo, o rapaz pegou no sono e eu cometi mais uma vez o pecado do homicídio. O gato, como sempre, estava com o olho vidrado em mim. Assassinei o estranho com o machado e o emparedei no porão.

O jovem que me fazia entregas estranhou quando, além dos itens habituais, acrescentei à lista daquela semana materiais como tijolos e cimento. Apesar da curiosidade, não ousou questionar o motivo.

Percebi que não poderia mais esperar que o acaso me trouxesse novas vítimas. Deixei a minha clausura e o casarão voltou ao seu *status* de esplendor. Os nomes mais ilustres da pequena cidade e da região voltaram a frequentar minha casa.

Contratava empregados apenas para os dias de festa, assim poderia ficar a sós com o indivíduo condenado a passar a eternidade naquelas paredes. Eu escolhia minhas vítimas aleatoriamente, não importava quem era, o que me estimulava era ceifar a vida e o ato de emparedar. Era como se eu revivesse aquele dia no qual assassinara e emparedara minha própria esposa, mas dessa vez o maldito gato não me delatou.

Com o tempo, passei a apreciar o poder. Em minhas celebrações, eu tinha o poder de escolher quem iria viver e quem iria morrer.

Em dado momento, a polícia veio ter comigo a fim de

esclarecer o desaparecimento de uma jovem que fora vista pela última vez em uma de minhas festas. Eu sabia ser carismático quando queria, sem demora consegui conquistar a simpatia dos policiais. Acompanhei os homens na inspeção de cada cômodo da minha casa. No porão, também não encontraram nada que me incriminasse, só o gato poderia me entregar, mas ele apenas me fitou, não emitiu som algum. Como ninguém conhecia minha verdadeira identidade e o meu passado criminoso, os homens nem suspeitaram de que do outro lado da parede na qual um dos policiais se escorou jazia o corpo da jovem desaparecida.

Em uma noite fria de inverno, uma mulher bateu à minha porta e me pediu abrigo. Ela trajava um elegante vestido preto, era dotada de uma beleza etérea. Uma batalha era travada em minha mente, parte de mim queria matá-la e emparedá-la, a outra desejava desposá-la.

Ela era diferente de todas as mulheres que já havia visto. Disse que seu nome era Mori. Pronunciá-lo era como degustar o néctar dos deuses. Ofereci-lhe uma bebida e ela aceitou. Não consegui colocar o opiáceo em seu vinho. O gato nos observava, imóvel.

Ele pulou no colo de Mori, que o acariciou e o aninhou como se fosse um bebê. Invejei a proximidade do maldito gato com a mulher. Ela o colocou delicadamente no chão, e ele retornou ao lugar em que estava como se fosse uma sentinela.

Mori bebeu todo o vinho de sua taça, colocou-a sobre a mesa e se pôs em pé. Aproximou-se lentamente de mim e, quando seu corpo estava junto ao meu, beijou-me com volúpia. Mal sabia como amaldiçoaria esse momento. Ela havia me dado o beijo da morte. Antes de me soltar, sussurrou em meu ouvido: *"Memento mori"*[2]. Logo entendi o que estava acontecendo. A mulher era a morte encarnada.

Ela havia me concedido uma segunda chance anos antes,

2 Expressão em latim que significa: "Lembra-te que hás de morrer".

contudo usara o tempo que me fora dado com sordidez. Achei que era o senhor da morte, mas só existe uma senhora da morte: a própria morte.

Adormeci e quando acordei estava dentro da parede, no cemitério de concreto criado por mim. Diferente dos outros, não fui golpeado com um machado. Ela me emparedou vivo. Acredito não ser um ser vivente e tampouco morto. Fui condenado a uma meia-vida no jazigo que construí com minhas mãos.

Todas as noites, o gato desce até o porão e o único som que escuto é o seu miado, como uma sinfonia funesta. Rogo para que algum dia Mori considere que o meu martírio foi o suficiente e me permita morrer. Até lá, tenho apenas a companhia fiel do gato, não sei se por apreço ou para me atormentar.

C. DAVID

Cinthia David nasceu em São Bernardo do Campo, SP, é bióloga, atriz e professora de Inglês. Aos vinte e poucos anos, se descobriu também escritora. Publicou diversos contos em antologias de temas variados. Escritora de terror e suspense, gosta de escrever sobre os seres sobrenaturais que nos assombram durante as madrugadas. Foi convidada a participar da antologia "A Colônia de Roanoke". É organizadora da antologia "Noite Feliz", disponível na Amazon. Participa do projeto "Contos Coletivos", contribuindo para a produção de pequenos contos junto com outros autores e postando-os no "blog coletivo de contos". Utiliza o nome "C.DAVID" para assinar as obras; que também é o nome utilizado nas redes sociais da autora.

E-MAIL:

escritoracdavid@gmail.com

INSTAGRAM:

@autoracdavid

FANPAGE:

https://www.facebook.com/autoraCDavid/

TWITTER:

@autoracdavid

SKOOB:

https://www.skoob.com.br/autor/18446-cdavid

C. David se inspirou no poema "Annabel Lee", publicado em 1849 no obituário de Poe.

E nem os anjos do céu lá em cima,
Nem os demônios debaixo do mar
Poderão separar a minha alma da alma
Da linda que eu soube amar.

"Annabel Lee", Edgar Allan Poe.

LUDIBRIOSO DESTINO

C. David

O homem caminha pelo rochedo como faz todas as noites. Após deitar-se sobre a sepultura de sua amada, ele segue ao encontro do amor.

Para minimizar a dor e a tristeza em demasia, desce a colina do reino exatamente ao pôr do sol e se deita por algumas horas ao lado daquela que tanto ama. Escuta os murmúrios do mar a chorar pela separação. Fita a lua, que brilha intensamente no negrume do céu, que ilumina o caminho até a rocha mais baixa.

Ao fundo, escuta uma voz melodiosa. A voz conhecida, serena, doce e terna da mulher que ama. Extasiado ao ver a figura que dança sobre as ondas, aproxima-se. E sem titubear exclama:

— Annabel Lee? Estás aqui!

— Oh, Edgard. Cumpriras vossa promessa de me acompanhar. Continuas a me adorar e, mesmo depois da morte, vens ao meu lado se deitar — diz ao levantar-se da borda do rochedo.

O casal se aproxima e troca olhares cúmplices, almejam se tocar, porém tudo o que podiam fazer era deixar com que suas almas se conectassem. Edgard responde:

— Sempre! Nosso amor é mais que amor. Estarei sempre a te acompanhar.

Ele estende sua mão, ela sorri tristemente e põe a dela sobre a dele. Ele fecha os dedos querendo envolver uma mão inexistente. Edgard permite que sua lágrima pingue e caia, misturando-se com as águas do mar.

Annabel recolhe a mão e a leva até o peito, segura os próprios dedos a despeito de não poder tocar. Se ela possuísse lágrimas para chorar, teria as deixado derramar assim como fez Edgard.

— Ele veio de repente e soprou o vento enfermo. Um dia depois, senti-me fria, porém diziam que eu estava quente em demasia. Passaram-se vários dias e eu não conseguia respirar. Embora estivesse enferma, permanecia lutando pela vida, pensando em ti e em quando poderia te encontrar.

Annabel sorri para ele. Sente o coração acalentado, porém dolorido. Edgard é capaz de sorrir ao vê-la também sorrindo, mas as lágrimas... essas continuam a rolar. Ela desmancha o breve sorriso, faz menção de suspirar e, pesarosamente, volta a explicar:

— Dia após dia, ele vinha me observar. Falava que não havia mais jeito de levantar daquele meu leito. Sussurrava em meus ouvidos que existia um outro reino que não esse ao pé do mar. Que lá melodias eram tocadas por entre as flores dos imensos jardins. E a voz dele repetia: "És uma donzela bela e de coração puro. Não voltarás para vosso reino, no entanto ganharás o céu. Torná-la-ei um ser de luz, doce Annabel". E foi assim que me envolveu com suas grandes asas. O ser alado me carregou para este novo reino, separando-me de ti.

Edgard se aproxima de onde o espectro está. Gostaria de poder ajudar, trazê-la de volta para o reino ao pé do mar. Viveriam juntos na cabana mais afastada, longe dos olhares inquisitivos da nobreza, dotada de riqueza material; pobre de caráter e honra. Fugiriam do fidalgo, parente da amada princesa Annabel, mas morariam felizes e juntos no singelo campo de flores-de-mel.

— Os anjos nos invejam. Querem nos separar, mas nosso amor é eterno e infinito, como o céu e o mar.

— Ele voltará — ela afirma. — Ei de escapar. Eles não gostam quando venho para cá. Impedirão que eu te veja quando notarem que, mesmo em outro reino, continuo a te encontrar. Não desanimes. Continuarei a te observar, mesmo do outro lado do portão.

Ele não responde por não saber o que dizer. Vê Annabel ir embora, indo de encontro às ondas e, em questão de segundos, desaparece no ar, deixando-o sozinho a rogar a sua prece. Ajoelha no rochedo com os olhos marejados e clama aos anjos que não a afaste.

Enquanto Edgard chora sobre o rochedo, uma figura distante o observa, determinado. Escondido nas ondas, o ser acinzentado mergulha a cabeça na água para escutar um comando, uma voz grave e distante que se propaga através do mar. Olha para cima, encarando o céu estrelado, escuta outra voz, desta vez suave; e concorda silenciosamente com as informações que lhe chegam aos ouvidos. Em seguida, emerge do oceano e se dirige ao rochedo.

Passa a observar Edgard, que ainda ora, desesperado. A figura permanece imóvel e muito bem escondida por entre as rochas, observa o homem se levantar e subir em direção ao reino. Em vigília, espera a volta de Edgard. E ele volta, todos os dias, no mesmo horário. Senta-se no rochedo e espera por Annabel.

Passam-se dias, o pobre homem apaixonado investe horas do seu tempo nas pedras do rochedo. Diferente dos outros dias, ele observa o mar logo de manhã. Edgard decide que não cumprirá os afazeres diários, não vê motivos para seguir a rotina se não pode mais ver o seu amor. Ainda se deita sobre a sepultura, porém durante a noite. Edgard não volta para casa, o rochedo passa a ser o seu novo lar. Ao meio-dia, vai para a igreja, continua a rezar para os arcanjos e até a Deus não para de importunar. Reza o dia inteiro para que seu amor possa voltar.

Com o tempo, para de comer e beber, nem a igreja volta a frequentar. Perde as esperanças de rever sua amada e se pergunta onde ela estaria. Não sabe mais no que acreditar. Será que a trancaram no céu ou ela que optou em não voltar? Teria desistido dele? Estaria mais feliz no novo reino? Ele olha para o céu naquela tarde ensolarada, espera encontrar uma resposta nas poucas nuvens que passam.

Vê uma imagem formar-se atrás da pequena nuvem. É Annabel. Caminha por um campo de flores, a brisa do mar traz até ele uma música suave enquanto ela colhe algumas rosas e canta. Edgard observa Annabel ir até uma cabana de cortinas brancas, entrar e sentar-se ao lado de um anjo de cabelos escuros. Os dois sorriem, ele organiza as frutas que colheu e ela coloca as flores em um pote.

O anjo a entrega um copo e brindam no ar. Serve-a pedaços de morango na boca e em seguida vai até a harpa tocar. Annabel o acompanha, apoiando as mãos no ombro dele, ambos cantam ao som angelical do instrumento, que soa na terra como o vento que chega ao reino ao pé do mar.

Enfurecido, Edgard arremessa pedras ao céu, mas elas caem no mar sem atingir o alvo. Acredita ter perdido sua amada e, buscando se vingar, corre em direção ao centro do reino. A cabeça do homem lateja e os olhos, que ardem, parecem estar embaçados. Ele não sabe se são lágrimas ou algum fator ambiental. Neste momento, ele esquece tudo o que sabe. Não consegue identificar as pessoas que o olham assustadas nem os lugares por onde passa. Se alguém lhe perguntasse o nome, não conseguiria responder.

Uma mulher se aproxima e o questiona se precisa de ajuda. Edgard tenta responder, mas nenhum som sai da boca entreaberta. Ele ainda escuta o som da canção trazida pelo vento e tem a impressão de que escuta a voz de Annabel cantando um soneto. Atordoado, ele tampa os ouvidos com as mãos e pressiona firme, tentando não escutar o som. Em vão.

A mulher que lhe ofereceu ajuda o encara. Confusa, tenta pegá-lo pela mão, mas ele se afasta. Edgard vê borrões passando por ele rapidamente e só consegue manter a concentração no alvo. Ele fita a mulher à frente dele, mas, no lugar dela, vê um anjo sorrindo sarcasticamente. Ele a empurra e se dirige rapidamente à igreja.

Do alto de uma árvore, o ser cinzento o observa. Uma multidão se aglomera perto de Edgard, olhando-o assustada e confusa enquanto ele corre. Abre a porta da igreja onde se casaria com Annabel, a data estava agendada e, antes de ela adoecer, estavam finalizando os preparativos.

Encarar aquele longo corredor por onde ela entraria, trajando um lindo vestido branco e o enorme véu caindo atrás das costas, enfurece-o. Ele precisa fazer com que as outras pessoas sintam a sua dor; e quem a tirou dele precisa sofrer as consequências. Edgard quer que todos sofram como ele sofre e, no momento, a forma mais próxima que ele tem de fazer isso é dentro do lugar mais sagrado do reino.

Ele caminha pelos corredores laterais, ninguém nota sua presença. Edgard encara as imagens de santos e a fúria o consome. Ele gostaria de entender como que seres divinos faziam algo tão cruel como separar duas almas que se amam.

Ele se aproxima do altar, faz uma breve oração a Deus, pois este é o único ser em quem ele acredita; por mais que achasse que o Todo-Poderoso deveria ter impedido que seus anjos matassem Annabel, ele não se sentia bravo com Deus. Ademais, se existe salvação e absolvição dos pecados, ele necessitaria estar em paz para ser absolvido do que ele faria logo após a reza.

Edgard olha para trás, analisando os fiéis que oram de cabeça baixa, certifica-se de que ninguém está olhando para ele e sobe no altar, pega um castiçal de prata, em seguida volta ao corredor lateral e caminha lentamente.

Os fiéis que oram concentrados são interrompidos por um barulho alto e, quando olham ao redor para descobrir a origem do som, percebem Edgard quebrando as imagens sagradas dos anjos e santos nos corredores laterais. Alguns gritam, outros correm. Edgard se apressa e, quando todas as imagens de um dos corredores estão quebradas, dirige-se ao outro.

Quando termina de acertá-las, joga o castiçal no chão e levanta alguns bancos. Edgard os move de lugar, os bancos são muito velhos e estão comprometidos. Notando o estado em que se encontram, consegue quebrá-los ao batê-los no chão algumas vezes. Um padre aparece no altar, estarrecido. Edgard corre para fora da igreja antes que o sacerdote resolva ir atrás dele.

Ele não se sente melhor. Pensava que destruir o lugar sagrado enfureceria os anjos e que ele poderia se vingar. No entanto, o sentimento de raiva permanece no peito dele e nada parece mudar.

O ser acinzentado vê Edgard passar, ele o acompanha com o olhar e, ao perceber que o homem caminha para o rochedo, desaparece no ar e volta ao seu posto inicial. Estava prestes a assumir o cargo que lhe foi entregue, era hora de guiar Edgard.

Detrás de uma pedra, já no rochedo, ele percebe que o amante sofrido caminha com pressa e que, logo atrás dele, um grupo de homens da guarda real o persegue. Certamente, ficaram sabendo da ação na igreja, senão pelo padre, por plebeus assustados.

Edgard para ao pé do rochedo mais alto e olha atordoado para trás. Indaga-se acerca do que fez e tem suas dúvidas de que valeu de algo. Sem saída, ele olha para o céu e se desculpa com

Annabel pela atitude. Sabe que será condenado pelo que fez, ficará preso pelo resto da vida e não poderá mais ver o túmulo da amada.

As lágrimas mais uma vez regam a pedra úmida do rochedo. Ele espera os homens chegarem quando vê a imagem de Annabel aparecer no ar. Ele se desculpa, ela sorri, fazendo-lhe sinal para acompanhá-la. Edgard a vê estendendo-lhe os braços como se quisesse envolvê-lo em um abraço. Annabel flutua em direção ao mar, chama Edgard, olha nos olhos dele e para.

— Venhas comigo! Não sofrerás mais. Estaremos juntos.

Edgard dirige o olhar aos homens, que agora o estão alcançando. Fita o reino mais uma vez, aquele lugar que tanto ama, no qual sonhou ter uma vida longa e acompanhada da mulher mais doce do mundo; agora está nebuloso, é uma imagem distante. Edgard deixou de pertencer àquele reino desde a morte de Annabel e decide que está na hora de se despedir de fato. Ele olha nos olhos dela e pula, certo de que colocará fim ao sofrimento.

Ele cai rapidamente, ansiando estar ao lado dela, porém a imagem da doce Annabel se transforma em um ser acinzentado quando Edgard atinge a água gelada. Ele afunda rapidamente, movimenta os braços em desespero, querendo voltar à superfície, mas, cada vez que se mexe, mais rápido submerge. O escuro o engole. Enfim, silêncio.

O inferno não é tão ruim quanto dizem. Edgard não sabe quanto tempo ficou no escuro, mas encontrou um caminho em meio à penumbra. Ele segue a luz fraca e emerge do oceano. Flutua pelas ondas olhando para o sol, atrás dele uma voz anuncia seu nome. É Annabel. Ali na linha do horizonte, os dois se reencontram, nem os anjos, nem os demônios apagaram o amor entre o jovem casal, que de certa forma ficam juntos de uma forma não tradicional.

CARLOS H. F. GOMES

Carlos H. F. Gomes é de São Paulo, trabalha como funcionário público estadual, é budista, roqueiro, poeta e contista. Ama os gêneros terror, horror, policial e *space opera*. Da primeira vez que se apaixonou, nasceu seu primeiro poema e a partir de 2005 se aventurou a escrever contos. Participou do "DTRL – Desafio de Terror Rascunhos Literários" por onze edições, sendo bicampeão, e foi um dos organizadores do projeto "A Arte do Terror" de 2016 a 2018, tendo em suas páginas seis contos. Publicou os e-book "Olhos Apagados" e "Minha Ex-tranha Namorada", participa das antologias "Sociedade dos Poetas Vivos", "O Mundo Fantástico de R. F. Lucchetti", "Nightmares – Pesadelos Para Quem Sonha Acordado", "Apocalipse – Outros Contos Sobre o Fim", "As Flores do Meu Jardim" e "Quando a Alma Brada por Socorro", além de assinar o capítulo 4 do ousado romance coletivo "Rio Vermelho".

Instagram:

@carloshfgomes

E-mail:

carloshfgomesescritor@gmail.com

Facebook:

https://www.fb.me/carloshfgomesescritor/

Carlos H. F. Gomes se inspirou no conto *"The Facts in the Case of M. Valdemar"*, publicado em 1845.

Os olhos estavam fechados naturalmente e os membros rígidos e frios como o mármore. No entanto, o seu aspecto geral não era o da morte.

"Os Fatos Que Envolveram o Caso de Mr. Valdemar", Edgar Allan Poe.

MAGNETISMO ANIMAL

Carlos H. F. Gomes

... jazia uma quase líquida massa
de nojenta e detestável putrescência.
E.A.P.

Iniciei meus estudos da ciência mesmérica após tomar conhecimento do repugnante caso do Sr. V. A teoria do magnetismo animal tomou de assalto a minha atenção, pois eu tinha certeza de poder aplicá-lo em benefício dos pacientes do meu consultório no Harlem, ao contrário do homem inescrupuloso que, a fim de provar ser verdadeira tal ciência, valeu-se de um moribundo com os dias contatos e nada lhe ofereceu de bom.

Em pouco tempo, vislumbrei os resultados positivos da aplicação do magnetismo no tratamento de mazelas como as dores de cabeça frequentes da Sra. O., que a deixavam prostrada. Na primeira vez que apliquei a magnetização com minhas mãos na bela cabeça da distinta viúva, o efeito se mostrou sutil, porém o suficiente para notar nela alguma disposição a mais. Principalmente uma inesperada vontade de conversar que nos levou por assuntos diversos por quase uma hora e meia em sua sala, onde as pesadas cortinas de veludo mantinham uma quase densa penumbra no ambiente do qual, não fosse a boa companhia, meu interesse seria grande em me evadir o quanto antes.

A bela e ainda jovem senhora exalava as frases com sua voz delicada e mole pelo cansaço, e os assuntos foram desde as flores do seu jardim até a rotina do meu simplório consultório, entretanto notei seu gosto por causos de óbito. Um tanto a contragosto, despedi-me recomendando repouso e boa dieta, após dar-me conta de que o carrilhão fazia saber das cinco badaladas da tarde. Algo reviveu em mim naquele bucólico fim da tarde que precedia a lenta chegada da noite.

As frequentes idas ao apartamento do segundo andar do edifício onde morava a Sra. O. surtiram dois efeitos: o aumento da sua boa disposição, independentemente das dores de cabeça que ainda persistiam, e o crescente afeto que passou a existir entre nós com conversas agradáveis e, por vezes, íntimas e até fúnebres, o que, aliás, gerou o consequente maldizer da vizinhança.

A aplicação do magnetismo também se mostrou eficiente no Sr. S., cuja constipação intestinal o transtornava a tal ponto que sua mulher, muito boa e temente a Deus, correu a chamar o padre T. para exorcizá-lo em vez de recorrer a mim para curá-lo. O pálido e prestativo padre, que não perdia a chance de uma boa aventura por entre homens e demônios, obteve tão somente que o suposto possuído nutrisse por ele e pela esposa um ódio que, em verdade, era por suas próprias tripas que insistiam em não funcionar.

Em menos de uma semana de aplicação do magnetismo na região do abdome, o Sr. S. se mostrou mais ponderado, respeitoso para com sua boa esposa, seu pequeno D., tagarela e dono de uma voz esganiçada própria da pouca idade, e o prestativo padre T. Ele também passou a desfrutar de boas noites de sono proveitoso, além de ter nascido entre nós uma boa relação amistosa.

Sentia-me pronto a dar um bom passo avante aplicando

o magnetismo em pacientes acometidos por enfermidades mais desafiadoras. Animado, revisei minhas anotações e reli partes importantes dos estudos do brilhante Doutor Franz Mesmer, passando da admiração científica a uma quase adoração.

O dia seguinte amanheceu nublado e movimentado por rajadas de um vento deveras enregelante, o que não diminuiu em nada o meu extasiado estado de ânimo devido às revolucionárias técnicas de tratamento aprendidas com o mestre alemão.

Eu assoviava a empolgante "*Overture* de Don Giovanni" enquanto caminhava em direção ao meu consultório, planejando levar a Sra. O. ao esplendoroso *Broadway* assim que ela se sentisse disposta a tal ruidosa aventura, quando fui expelido de meus devaneios por uma irritante voz esganiçada que bradava meu nome e se aproximava perigosamente. Assustado, cambaleei e tropecei nos meus próprios pés, vendo-me obrigado a soltar ao chão a mala com meus instrumentos a fim de lograr segurar na cabeça meu único bom chapéu, no entanto o desequilíbrio me forçou a soltá-lo nas mãos imprevisíveis do vento para tentar proteger-me da queda iminente que não ocorreu por um milagre equilibrista qualquer.

A voz irritante passou correndo para o outro lado da rua e voltou desembestada a falar freneticamente sem que eu pudesse compreender uma só palavra. Ainda atordoado pelo jeito que me encontrava, percebi que era o franzino D., filho do Sr. S., que veio ao meu encontro a fim de dar-me um recado urgente de seu pai. Logo deduzi que meu bom amigo estava novamente sofrendo com sua insuportável constipação intestinal, mas o garoto insistia em continuar falando algo sobre uma certa jovem M. Segurei a agitada criança pelos ombros e pedi que parasse de falar por um instante, tomei fôlego e ele também, então solicitei que me dissesse com calma e com clareza o que estava acontecendo.

O garoto me entregou minha maleta e o chapéu amassado e agora empoeirado e disse que a filha de sua vizinha, a jovem M., estava com uma doença que a fazia se contorcer enquanto seus olhos ficavam brancos e os dedos tortos como garras, além de babar uma gosma branca. O padre T. estava exorcizando o demônio que judiava da pobre moça, mas o Sr. S. tinha certeza de que era o padre quem estava machucando-a de tanta pancada e de que eu poderia ajudá-la assim como havia lhe ajudado.

Antes de entrar na pequena casa, que denotava ser morada por gente simplória, senti o odor de excrementos, mas não notei animais no entorno, o que me fez pensar que o desafio que tanto procurava estava ali dentro. Era possível ouvir lá de fora a voz retumbante do padre T. ordenando algo ao suposto demônio, o que causava euforia nas pessoas do lado de fora com seus terços nas mãos, ajudando como podiam o bem-intencionado mensageiro de Deus.

O Sr. S. saiu da casa empurrando as pessoas e lançando-lhes impropérios, segurou meu braço e me levou para dentro, rogando que eu fizesse o padre parar de moer de pancadas a pobrezinha da M. A casa estava escura e fétida, com todas as janelas fechadas, a mãe da menina sentada em um banco entre prantos e preces, o pai ajudando na imobilização da garota de acordo com as ordens do padre, e a coitada se encontrava suja de sangue e fezes.

Com autoridade na voz, ordenei que o padre encerrasse o que quer que estivesse fazendo e que os dois saíssem dali imediatamente enquanto abria a janela do pequeno quarto. Mandei que o Sr. S. sumisse com aquelas pessoas lá fora e pedi ao jovem D. que me trouxesse água limpa. O pobre menino ficou paralisado ao ver a situação da sua jovem vizinha e pediu com ênfase que eu a curasse. Chamei a mãe da enferma, que parecia não me ouvir. Gritei e ela se sobressaltou, caminhou até a porta sem, no entanto, olhar para a filha.

Ela relatou que M. começara a se contorcer no dia anterior pela manhã, seus olhos ficaram brancos e os dedos das mãos, como garras de um demônio, além de babar. Quando parou de se revirar, viram que havia feito suas necessidades nas roupas e não reconhecia os pais, sequer sabia onde estava. Antes que eu pudesse perguntar quantos ataques ela tivera, a jovem foi acometida por outro. A mulher voltou ao seu canto para chorar e rezar enquanto D. entrava com uma bacia de água limpa e o Sr. S. logo em seguida para oferecer ajuda.

Apliquei de imediato o magnetismo três vezes pelo corpo ferido da jovem até que os espasmos cessassem. M. estava esgotada e parecia delirar conforme falava enrolado. Fui até sua mãe e pedi que me ajudasse a limpá-la e a trocar sua roupa, mas ela parecia estar também delirando. Fui até a janela e gritei solicitando a presença de alguma mulher que pudesse me ajudar a cuidar da enferma, frisando bem a última palavra. Uma senhora abriu caminho entre as pessoas, passou pelo contrariado padre T. e entrou no quarto sem mostrar qualquer medo ou nojo.

Em pouco tempo, a sofrida jovem estava limpa dentro do possível e com roupas limpas e as feridas devidamente tratadas. Enquanto aplicava mais uma vez a magnetização na doente, ouvi vozes alteradas entrando pela janela, o que tirou minha concentração. Praguejei e me preparei para continuar quando de súbito reconheci uma das vozes como sendo da discreta governanta da Sra. O.

Chamei-a até a janela, e ela me disse que sua patroa se queixara de uma dor de cabeça mais forte e em seguida começara a falar palavras ininteligíveis com a boca mole, desmaiando em seguida. Saí da casa, pedi que ela me desse a chave do apartamento e corri para lá, deixando para trás a jovem M., minha maleta e meu chapéu amassado. Imagino ter esbarrado em algumas pessoas pelo caminho durante o curto trajeto, subi as escadas de três em três degraus e quase não consegui enfiar a chave na fechadura de tão nervoso que estava.

Minha amada — sim, minha amada —, estava deitada como que ébria no sofá da sala escura. Levantei seu braço mole e tomei o pulso, estava fraco; aproximei o ouvido de sua boca ligeiramente torta, a respiração também era fraca. Pelo relato da governanta, imaginei que houvesse sofrido uma hemorragia cerebral, o que explicaria o aumento agudo da dor de cabeça e a súbita fala confusa, além do braço mole de uma forma diferente e os lábios fora do belo desenho de antes. A mulher que se tornou cara e passei a amar morreria em breve, e eu não tinha certeza se o magnetismo poderia reanimá-la.

Lembrei-me do famigerado caso do Sr. V. e uma dúvida se esgueirou em meu pensamento: será que ela também me amava? Em seguida, algo como que peçonhento sussurrou que eu aplicasse o magnetismo para poder dizer que a amava e a perguntasse se me amava também, obtendo assim a resposta apesar de sua morte. Entre o amor e a ética, longe de outros olhos, optei pelo amor e apliquei com todas as minhas forças o magnetismo na cabeça da mulher mais bonita e doce que já logrei conhecer. Seus olhos se abriram em estreitas e trêmulas fendas e ouvi um gemido. Tive receio de que a governanta irrompesse pela porta a qualquer momento.

Externei meu apreço por ela quase chorando e me declarei, dizendo que a amava. Ouvi mais um gemido ininteligível e o som do meu nome em voz baixa saiu de seus lábios entortados sem que estes se mexessem, assim me pareceu naquela penumbra. Após mais um gemido e seu último sopro de vida, a mulher que amei se foi para sempre.

Mas continuei, insano, aplicando-lhe o magnetismo e rogando por uma resposta à pergunta que não suportaria ficar sem saber: "Querida O., você me ama?". Naquela sala escura e silenciosa, no momento em que a governanta abria a porta, ouvi um som com timbre rouco, ainda assim delicado, surgindo sem ar de dentro da boca da agora saudosa Sra. O. e se formar em uma palavra: "Amo".

Amo
Amo
Amo
Amo
Amo
Amo
Amo
Amo
Amo

ERISVALDO CORREIA

Erisvaldo Correia nasceu em Embu das Artes e sempre gostou de ler e escrever. Publicou dois livros de poesia, "Caminhos Escritos", em 2009, e "Somente Palavras", em 2011. Vem dedicando-se à escrita de contos na internet (Wattpad). É psicoterapeuta e tarólogo. Participou de algumas antologias de poesias e da antologia "Horror Show".

Erisvaldo Correia se inspirou no conto *"The Cask of Amontillado"*, publicado em 1846.

— Meu caro Fortunato — disse eu —, ainda bem que o encontro. Você tem hoje uma aparência notável! Saiba que recebi um barril de um vinho que passa por ser amontillado; mas tenho cá as minhas dúvidas.

"O Barril de Amontillado", Edgar Allan Poe.

FRENESI

Erisvaldo Correia

A pequena fazenda de seu pai era tudo que Javier possuía. Desde pequeno, aprendera como cuidar da terra. Nunca tivera meios de investir numa plantação de grande porte. Apenas alguns poucos metros de terra eram cuidados com muito esforço.

Apesar disso, era dali que a família tirava seu sustento. Por anos, seu pai manteve todos bem alimentados, e, para Javier, era questão de honra manter esse legado.

Quando seu pai falecera, fora deixado para ele a responsabilidade de cuidar das terras, mas não era uma tarefa fácil. Entrava pouco dinheiro e as dívidas apenas cresciam. Javier precisava pagar o fornecimento de materiais que havia solicitado alguns meses antes, mas não via uma forma de conseguir o valor necessário.

Sabendo das dificuldades pelas quais seu vizinho passava, Nestor resolveu fazer uma proposta. Ele era um jogador nato e raramente perdia suas apostas. Fazia tempo que desejava conquistar as terras de Javier para poder ampliar seu patrimônio. Ele era ganancioso, porém nunca conseguira convencer seu vizinho a deixar a pequena fazenda que herdara do pai. Chamando Javier para um café em sua casa, ele propôs um pequeno jogo de cartas, em que o ganhador poderia escolher o que quisesse. Javier pensou que poderia ganhar de seu vizinho, mas a sorte não estava ao seu lado. Quando a partida terminou, Nestor não pensou duas vezes ao dizer o que queria.

Nestor tinha tudo que desejava. Sua família sempre lhe dera tudo do bom e do melhor. Nunca precisara remexer um punhado de terra. As vastas plantações de uva eram cuidadas pelos empregados de seu pai. O vinho que produziam era da melhor qualidade. Famoso por seu sabor sempre encorpado, era primoroso e muito requisitado entre as famílias mais nobres.

Possuía dinheiro e beleza incalculáveis. Sempre acompanhado de uma bela moça, era um pretendente disputado. Agora que havia conquistado mais um triunfo no jogo, esperava poder ampliar sua propriedade.

Javier implorava para que Nestor tivesse piedade. As terras que tinha eram tudo para ele. Representavam o esforço e dedicação de seu pai, e ele não teria para onde ir. Mas nada adiantava. Seu vizinho estava implacável na decisão de lhe tomar a fazenda.

Nestor saiu da casa e caminhou em direção ao celeiro, onde verificaria se o preparo do barril de vinho estava terminado para a festa que daria. Enquanto caminhava, era seguido por Javier, que continuava a suplicar.

Sentindo a total indiferença que o jovem rico tinha por sua dor, Javier começou a pensar em como poderia reverter a situação. Pediu para que lhe fosse dada uma segunda chance no jogo, mas Nestor não quis lhe dar ouvidos.

A dor foi dando espaço ao medo de ficar sem nada, e isso lhe causava um instinto de defender o legado de seu pai. Foi então que, tomado por uma atitude inesperada, avançou para cima de seu vizinho.

Javier empurrou Nestor contra a parede. A fúria dominava seu ser. Nunca sentira tanta raiva assim. Havia perdido tudo para aquele rapaz mimado. Nestor gemeu com o impacto que sentiu. Olhou para seu agressor atentamente a fim de evitar outro golpe, mas não teve tempo de se defender. Javier acertou um soco forte em seu rosto, fazendo com que batesse a nuca em uma pequena ponta de prego presa à parede do celeiro.

Caiu já sem vida enquanto o sangue escorria por seu pescoço. Nesse momento, o jovem rapaz, que sempre fora trabalhador, percebeu as consequências de sua atitude e sentiu medo. Nestor estava morto e não havia como voltar atrás. Num ímpeto de livrar-se do corpo de seu vizinho, Javier o arrastou até o outro lado, onde se encontrava um barril contendo o vinho produzido para a festa do dia seguinte na fazenda dos Montilac. Cuidadosamente, depositou o corpo dentro do tonel. Sabia que ninguém abriria aquele tampo enquanto estivesse na festa. Isso lhe daria tempo para pensar em algo.

Saiu pelos fundos para que ninguém o visse. Havia cometido um crime e sabia que cedo ou tarde descobririam o sumiço de Nestor.

Na manhã seguinte, procurou o senhor Montilac pedindo mais uma vez que lhe ajudasse fornecendo uma oportunidade de trabalhar na festa. Alfredo, dono de todas aquelas terras, sabia das dificuldades do jovem rapaz e, sempre que podia, oferecia um serviço aqui, outro ali para Javier aumentar a renda. Entretanto, naquela noite, o rapaz estava ali para esconder seu delito. Os convidados se deliciavam com o vinho encorpado e elogiavam o patrono da fazenda.

Senhor Montilac andava por entre seus convidados cumprimentando a todos. No fundo, estava preocupado com a ausência de seu filho. Não o via desde a noite anterior.

Javier se dispôs a ficar na serventia do vinho para assim cuidar do tonel onde estava o corpo do jovem desaparecido. Queria, ao final de tudo, apenas correr para bem longe. Quando a festa se aproximava do fim, seu patrão se aproximou dele pedindo que lhe servisse uma taça de vinho. Quando provou, sentiu que havia algo diferente com o sabor de sua bebida. Algo diferente, porém o gosto lhe agradou, fazendo com que ele deixasse de lado a ideia de questionar o que havia mudado no vinho.

Tomado pela curiosidade de saber o que sentiam os presentes ao tomar daquela bebida apodrecida com o sangue e corpo do filho dos Montilac, Javier decidiu por tomar um pequeno aperitivo. Tamanha foi sua surpresa ao sentir o gosto adocicado com um sabor tão exótico. Ele sabia que aquele sabor não era real, mas, ainda assim, sua mente fervilhava naquele momento, criando uma vontade estranha de servir-se mais e mais com aquela bebida fúnebre.

Quando se deu conta de que seu empregado estava tomando de seu vinho, senhor Alfredo bradou em sua direção, inquirindo-lhe se não sabia qual era seu lugar na festa.

Javier já estava fora de si, com o álcool surtindo efeito em sua mente. Aquela doce bebida que carregava consigo, a prova de seu crime, seria também sua confessora. Ele ouvia as palavras de desprezo de seu patrão, mas não as compreendia, apenas queria provar mais e mais daquela bebida.

Algumas pessoas seguraram o rapaz, que já se encontrava em estado bastante alterado com os efeitos do vinho. Pediam que ele mantivesse ainda um pouco de compostura, mas ele só sabia pedir por mais da bebida a que todos chamavam de Amontillado.

"Amontillado", "Amontillado", era tudo que ele dizia. Seu olhar perdido se direcionava sempre ao tonel, o que fez com que o senhor Alfredo se lembrasse de que sentira algo diferente em sua bebida. Percebendo que algo não estava certo, correu em direção ao barril e caiu prostrado em prantos quando retirou a tampa e encontrou o corpo de seu filho todo inchado no interior.

O desespero de todos foi igual, pois cada um dos presentes na festa provara daquela bebida fúnebre onde jazia um corpo.

Todos começaram a sair de seu frenesi e entraram em

estado de choque enquanto tentavam entender o que havia acontecido com o jovem Nestor.

Ao longe, ainda seguro por alguns empregados do senhor Montilac, Javier gritava e pedia por mais uma taça de vinho: o vinho Amontillado com o corpo de Nestor.

IGOR CHACON

Igor Chacon nasceu e reside em Natal, RN. É escritor, formado em Psicologia pela Universidade Federal do Rio Grande do Norte.

Autor de "As Crianças da Meia-noite" (Wattpad) e do conto "Esta Noite Ele Dançará com os Demônios", presente na antologia "O Mundo Fantástico de R. F. Lucchetti", da qual participou como escritor convidado. Também teve seus contos selecionados nas antologias "Sobreviventes", "Vampiro", "Mundo Invertido", "III – A Hora Morta", "Insanidade", "De Volta a Salem", "Poe, King, Lovecraft – do terror ao horror" e "CreepPastas".

E-MAIL:

igorchacon@yahoo.com.br

INSTAGRAM:

@igorvchacon

TWITTER:

@igorvchacon

Igor Chacon se inspirou no conto *"William Wilson"*, publicado em 1839.

A morte se aproxima e a sombra que a antecede lançou sobre meu espírito sua influência suavizante.

"Willian Wilson", Edgar Allan Poe.

OTTO NATTAN

Igor Chacon

Well done, you won your bloody prize
I hope you're happy and satisfied.
"Dino vs Dino", Far From Alaska

No dia em que te manifestares
farás deles uma fornalha ardente.
Na sua ira o Senhor os devorará,
um fogo os consumirá.
Salmos 21.9

Você já pensou no limiar da sanidade? Já parou para imaginar qual a última coisa que os sãos veem antes que a loucura tome conta de suas mentes como tinta propagando-se no tecido seco? Qual será a última fronteira, o espaço que alguém cruza e faz os circuitos queimarem? Ou será que os circuitos já estavam em mortal curto-circuito muito antes disso, só esperando o botão certo — ou o errado — ser apertado?

Será que, quando a sanidade se vai, acontece como dizem, que é o momento em que a vida se vai e vemos todos os nossos momentos de lucidez em um único *flash* subatômico, um último suspiro de uma mente sã embriagada?

Qualquer um pode apontar a arma para o céu da boca, mas quem aperta o gatilho?

Qualquer um pode inundar o chão de gasolina, mas quem vai jogar o isqueiro?

Otto conheceu Marieane um ano antes do grande incêndio, em uma tarde agradável de novembro no parque da universidade na qual adentrara anos antes com o sonho de se formar doutor, sonho que já se arrastava por oito longos anos. Ele a amou com um ardor luminoso assim que trocaram as primeiras palavras, mas teria ela sentido o mesmo? Otto achava que não, mas não importava muito agora, quando milhões daqueles *flashes* subatômicos carcomiam seus circuitos como palha incendiada.

No exato mesmo dia também conheceu Nattan... Ah, o desprezível e vil Nattan, que tanto lhe causaria problemas dali em diante.

Não o conheceu pessoalmente, ao menos não no estrito sentido da palavra, mas, sim, a existência de tal ser abjeto chegou a seu conhecimento, e da pior forma que Otto poderia imaginar.

Um ano antes do grande incêndio, houve o primeiro da série de três atentados que serviram de prenúncio ao maior deles. Exatamente no dia em que Otto conheceu Marieane. Ele acordou na manhã seguinte com a polícia em sua porta. Havia descrições do homem que colocara fogo em um cortiço, de onde nenhum dos setenta e nove moradores saíra vivo naquela noite, e essas descrições batiam perfeitamente com a dele. Mesma altura, mesma idade, mesmo corte de barba e cabelo, mesma cor de pele e, sobretudo, o ignóbil incendiário fora avistado fugindo em direção ao bairro onde Otto morava. Ademais, uma mensagem fora encontrada, apregoada a um poste de iluminação do outro lado da rua do cortiço. A mensagem dizia isto: *A quem interessar possa, nada de valor foi perdido no incêndio.*

Ass: Dr. Nattan Otto

— É claro para mim que existe uma armação, um ardil meticuloso com a intenção de me destruir — Otto disse ao investigador-chefe que o prendera. — E meu nome é Otto Nattan, como consta em meus documentos, não o contrário, como consta neste vil bilhete do assassino.

Apesar das súplicas, ameaças e queixas do rapaz, sua liberdade só veio horas depois e pelas mãos divinas de sua amada.

Marieane apareceu na delegacia naquela tarde e confirmou o álibi de Otto, mesmo que isso colocasse sua reputação em risco, o que só fez flamejar ainda mais a paixão do rapaz.

Sim, haviam passado a tarde e a noite juntos, isso foi no apartamento dela, não no dele. Sim, ficaram juntos até pela manhã, muito cedo daquele dia, quando por fim Otto partira da residência dela para a dele.

Otto foi liberado no mesmo dia por demais encantado com a beleza e coragem da mulher que o tirara do cárcere.

Eles passaram aquela noite juntos, e a noite após aquela e a que veio em seguida. Viraram madrugadas em uma paixão insana que queimava com um fogo que parecia não querer deixar de queimar.

E, como aquele fogo a dois, veio o segundo incêndio. A descrição do tenebroso assassino era novamente idêntica a de Otto e um bilhete fora novamente afixado a um poste de iluminação próximo. O alvo, dessa vez, foi um pequeno internato para loucos e leprosos. A polícia bateu novamente em sua porta na manhã seguinte e o encaminhou à delegacia, mas apenas para cumprir protocolo. Mais uma vez, Marieane era seu álibi.

Foi no dia do terceiro incêndio — que consumiu um orfanato e todos os seus sete funcionários e dezenove órfãos em poucas horas daquela noite quente e seca de verão — que Otto Nattan encontrou a carta amassada e jogada apressadamente por debaixo da porta do quarto de Marieane. O apartamento em que ela morava era pequeno e a porta dava diretamente para uma pequena e mal cheirosa viela. Otto se encontrava sozinho no apartamento de sua amada, já que ela chegaria tarde de sua última prova na universidade.

Seus dedos tremiam enquanto ele tentava ler a mensagem escrita numa letra que, sim, era parecida com a dele a ponto de dar-lhe arrepios.

Não apenas a semelhança da letra, mas outro detalhe o intrigou ainda mais. A tinta utilizada pelo remetente era exatamente a mesma que ele usava em suas próprias cartas. Mas como alguém tivera acesso às suas cartas? Ou à sua caligrafia, apenas usadas em mensagens privadas?

Isso tudo Otto pensou antes mesmo de começar a ler o que havia escrito na página. Mas quando chegou a fazê-lo, sentiu o estômago revirar.

A mensagem dizia:

À excelentíssima e distintíssima senhora Marieane Barrone,

em primeiro lugar, parabenizo-a pela formatura que se aproxima, não são todos os dias que uma moça tão distinta e inteligente vinda não de altas estirpes da sociedade desta cidade, mas de um interiorzinho de fim de mundo, lá onde não só Judas, como São Tadeu e São Clemente perderam as botas, pobre de não ter onde cair morta, sem um vintém, consegue se formar em uma das mais renomadas universidades do país.

É de extrema valentia e coragem, sobretudo, a senhorita ter enfrentado toda uma sociedade aristocrática, uma sala cheia de filhos de autoridades políticas, onde sei não só de ouvir, mas de ver, que passastes não pequenos percalços e humilhações.

É, então, minha nobre e bela senhorita, por isso que afirmo que meu último e derradeiro trabalho será, enfim, a tua formatura.

Até lá, meus mais sinceros desejos de felicidades.

Ass: Nattan Otto

Ao terminar de ler a carta, Otto se sentou na cama de Marieane, ainda sozinho no apartamento, tonto e com um gosto de bile na boca. Respirou e contou até dez antes de soltar o ar. A visão clareou um pouco, assim como os pensamentos.

Era muito claro, o incendiário voltaria a atacar e, dessa vez, o alvo seria a festa de formatura de Marieane. Como o assassino conhecia o modo como os companheiros de turma dela a tratavam, coisas essas que ela só confidenciava a ele? Ele não sabia. Mas tinha de avisá-la, fazer com que ela não fosse à festa, tinha de avisar as autoridades.

Otto se ergueu da cama com esse pensamento, mas tudo lhe escorreu da mente no momento em que se pôs de pé.

Ele poderia fazer muito melhor que as autoridades, ele poderia pegar o incendiário. Afinal, a polícia não havia já o perdido por três vezes? Não eram aqueles incompetentes que o haviam levado duas vezes erroneamente à delegacia? Será que culpariam outro inocente pelo incêndio daquele dia?

Não, Otto pegaria o sujeito que imitava sua caligrafia e até mesmo se parecia com ele. Vejam só que disparate, o sujeito deveria provavelmente usar uma peruca ou algo do tipo. Também óculos. Era muito fácil encontrar, em qualquer oculista na cidade, óculos iguais aos que ele usava, então, em sua baixeza, o sujeito o imitava até mesmo nisso, com o único intuito de se livrar da culpa, pondo-a em Otto.

Mas imitar sua escrita, seu modo de escrever e até mesmo sua caligrafia reservada apenas para cartas íntimas... Isso era o cúmulo, a gota d'água.

Ele o pegaria, sim, viraria herói. Já se via em capas de jornais em bancas por toda a cidade.

E faria tudo sozinho.

— Meu bem? Ainda acordado?

A porta do apartamento bateu.

— Sim, esperando-te — ele respondeu, escondendo a carta em um bolso de seu paletó.

Naquela noite, amaram-se com um fogo impetuoso. E aquele era o pico da paixão, o cimo da montanha.

Agora, viria a descida. E ela viria na forma de uma avalanche sem precedentes.

A formatura teria lugar no grande ginásio da universidade. Otto suava em sua melhor roupa, um terno tão surrado que perdera sua cor original — preta — para um cinza-escuro feio. Marieane, por outro lado, estava esplendorosa em um vestido vermelho muito vivo, simples, porém portador da beleza que por muitas e muitas vezes apenas a simplicidade pode trazer.

— Está na hora — disse Marieane. — Vão chamar os formandos.

Ela o beijou demoradamente e sumiu na direção do pequeno palco de madeira montado em uma das extremidades do grande salão.

Assim que a perdeu de vista, Otto avistou uma figura suspeita na multidão. Aos tropeções e sem parar para se desculpar, ele esbarrou e derrubou uma ou duas pessoas até atravessar a massa sorridente e já um pouco embriagada de convidados.

Era *ele*. Otto sabia que era. Não duvidou nem por um batimento de seu coração que a sinistra figura se escondendo atrás das pessoas era o incendiário, aquele que, por algum motivo que ele desconhecia, tentara incriminá-lo. Mas agora *ele* tiraria a história a limpo. Sim, o malfeitor teria sua cota merecida de justiça.

Foi com esses pensamentos que Otto seguiu sua presa até uma sala adjacente ao ginásio, na porta lia-se, em uma elegante placa de metal a ela afixada, "Sala de Dança".

Antes mesmo que Otto pudesse adentrar a sala, sentiu o cheiro de combustível atingi-lo como um soco inesperado.

A sala estava escura e apenas sua sombra se projetava pelo chão de madeira com as luzes da festa às suas costas. Seu coração acelerou enquanto seus olhos se acostumavam com a penumbra. Do outro lado da sala, uma figura o encarava.

Otto deu um passo decidido à frente. E a figura fez o mesmo. O odor de combustível era sufocante, e Otto temeu ser tarde demais.

— Alto lá — ele disse, e sua voz ressoou pela sala vazia, as vozes da multidão eram ecos lá atrás, como pedras atiradas em abismos. A figura continuou a encará-lo. — Acabou! Sua matança acaba aqui!

Nada na vida poderia preparar Otto para o que veio a seguir: o sorriso. O incendiário assassino abriu um sorriso que lhe gelou a alma, mesmo que a única coisa que Otto conseguisse ver do rosto do facínora fosse a boca. O sorriso o congelou e a chama que se acendeu na mão do outro o derreteu.

Otto tentou correr em direção ao homem, tinha de impedir que ele jogasse a chama no chão. Antes que pudesse dar um passo à frente, percebeu que a figura também se movia e perdeu o equilíbrio. Tentou se recompor apenas para cair estatelado no chão. Ergueu-se e se deparou com a figura sombria a centímetros de sua face.

Agora, porém, as vestes do sujeito estavam em chamas, e Otto percebeu que as suas também estavam. Atônito, notou que havia uma porta atrás de seu algoz, por onde agora entrava uma mulher. Ele a reconheceu pelo andar, pelo indistinguível perfume que sobrepujou o fedor de combustível. Era Marieane que entrava, ela falou e sua voz veio de trás de Otto. Ele não entendeu o que ela dizia, então se virou, e a figura do incendiário se virou no grande espelho em que Otto se observara desde que havia adentrado a sala.

Marieane Barrone se aproximou de Otto Nattan como se deslizasse. O fogo já lhe queimava a pele, descia pelo assoalho e se alastrava rapidamente pelo ginásio. Alguém gritou que as portas estavam trancadas por uma viga que caira bem na porta da sala de dança, encerrando as vozes lá fora.

— Eles todos mereceram — ela disse, acariciando-lhe a face. Seu vestido inflamou com um rugido que lembrou a Otto o maior leão da terra. — E, a nós, apenas nós.

Ela o beijou pela derradeira vez, e a última coisa que Otto viu antes que a sanidade se apagasse de sua mente em uma pirexia rubra foram os olhos de sua amada incendiando-se dentro dele.

J. A. NALON

J. A. Nalon nasceu em Niterói há muito tempo, cresceu em Brasília, morou em Anápolis, estudou em Uberlândia e foi parar em Campinas. Desde muito novo, adora ciências, tecnologia, computadores, *games*, jogos, séries, quadrinhos, desenhos animados e tudo que tiver relação com fantasia e ficção científica; sempre gostou de desenhar, mas, como não dá pra fazer tudo, teve que escolher alguma coisa, e escolheu ser engenheiro eletrônico. Decidiu nunca abandonar a carreira acadêmica, porque é preciso tentar entender o mundo (de alguma forma). Atualmente, ganha a vida dando aulas de Engenharia no Centro Universitário Salesiano de São Paulo.

Começou a desenhar quando descobriu que o traço do lápis obedece a mão, nunca parou, sempre tentou melhorar, mas nunca achou que chegou lá. Seus maiores interesses são as ilustrações de fantasia e ficção científica; sua produção é independente e feita por amor: ilustrar é uma paixão, e não um trabalho. Adorou a chance de ilustrar contos, e torce para que isso aconteça com mais frequência.

Odeia as próprias fotos.

Algumas de suas ilustrações se encontram em:

http://www.behance.net/nalon

J. A. Nalon se inspirou no conto *"The Imp of the Perverse"*, publicado em 1845 e revisado em 1846.

Então, empurrados pelo espírito da perversidade, nós cometemos a loucura porque no fundo sabíamos que nao deveríamos cometê-la.

"O Demônio da Perversidade",
Edgar Allan Poe.

DEMÔNIO DA MALDADE

J. A. Nalon

Eu não posso jurar pelas premissas e conclusões do meu predecessor, que de fato descobriu a existência do demônio da perversidade há mais de cento e cinquenta anos. Para dizer o que disse, baseou-se na frenologia — coisa que até fazia algum sentido em sua época, mas hoje sabemos que não tem fundamento científico e, portanto, não deve ser levado em consideração. Mas o fenômeno que ele descobriu não deixa de ser verdadeiro, e hoje conhecemos bem mais a respeito do funcionamento da mente humana para explicá-lo.

Hoje, é possível justificar os desejos e ímpetos do ser humano por meio da atividade em seu córtex pré-frontal, região do cérebro a qual se atribui o assim chamado controle cognitivo. Pacientes com danos recebidos ao longo da vida nessa área têm a tendência a perder o controle ou sofrer de demência temporária. É assim, ou coisa que o valha, eu não sou especialista nesse assunto. São as desvantagens da vida moderna: tudo se explica de maneira racional, e o sobrenatural não existe para nos salvar da responsabilidade de nossos atos — a não ser que desejemos atribuir ao nosso cérebro todo o controle sobre nossa vontade, mas, se for assim, será que podemos dizer que o homem tem livre-arbítrio e, em última análise, uma alma?

De qualquer forma, o demônio da perversidade citado pelo meu antecessor serve como uma metáfora que explica muito bem o que acontece — distante das teorias médicas, do jargão e da tecnicalidade que impede que nós, pessoas comuns, possamos entender o seu diálogo.

As metáforas, no entanto, costumam deturpar significativamente a interpretação do fenômeno. A cultura popular, tentando explicar a existência do demônio da perversidade trazido pelo discurso de meu antecessor, transformou-o em um diabinho, comum nos desenhos animados das manhãs de sábado, que murmura pequenas transgressões em nosso ouvido esquerdo. Ele vem sempre acompanhado de um pequeno anjo que tenta nos convencer com palavras de bondade.

É aí que está o problema. Nada disso é verdade. Há erros de magnitude incontestável nessas imagens.

A primeira coisa é que não existe um anjo de bondade sussurrando boas ações em nosso ouvido direito. Existe, é claro, a voz da consciência bastante nítida em nossa mente, mas essa é a nossa própria voz, nosso instinto de sobrevivência, ou — se preferir assim — o nosso bom senso tentando se contrapor ao que diz o demônio. É a reação do nosso cérebro, os neurônios ativados no córtex pré-frontal, que nos recorda de tudo que aprendemos que é certo: desde conservar a nossa própria sobrevivência como o respeito ao próximo, sua integridade, sua dignidade e, mais comumente do que gostaríamos de imaginar, sua vida. Muitas vezes, as três coisas juntas.

A segunda coisa é que o demônio não é um pequeno diabinho. Oh, ele pode começar bem pequeno, como uma voz muito sutil e doce que nos sugere pequenos desvios. Ele aparece pela primeira vez quando somos pequenas crianças, não temos o discernimento completo do que é certo ou errado, somos apenas capazes de apreciar pequenas recompensas: o doce roubado da padaria da esquina, a invasão da casa abandonada e a rejeição às proibições dos pais. As pequenas coisas que encaramos como brincadeiras, que fazem nosso coração bater mais rápido, mas que, em retrospecto e tendo a oportunidade, faríamos novamente sem hesitar. Até mesmo as mais banais e simplórias, como a singela peça que pregamos nos colegas de escola, que — novamente — rouba-lhes a dignidade, e ação da qual não tiramos ganho nenhum exceto o prazer de ver o outro humilhado, mostrando nosso poder sobre ele — assumidamente vazio, uma vez que pequenas humilhações são rapidamente esquecidas.

Ele nos pega quando somos crianças porque, uma vez tendo provado o prazer de render-se à tentação de agir contra o bom senso e não sofrer consequências, esvanece-se conforme as transgressões vão se repetindo.

É um processo que os cientistas chamariam de "habituação". Em um experimento interessante, colocam uma coruja empalhada em uma gaiola cheia de pequenos pássaros, que, é claro, entram em pânico. Que criatura não reagiria assim ao ser aprisionada junto ao seu predador? Eu me arriscaria a dizer que existe um pequeno demônio falando ao ouvido de cada cientista que realizou semelhante experimento, talvez pelo prazer de ver o medo incontrolável nos olhos dos pequenos animais — esse é um tipo de satisfação que o demônio aprecia. Mas o caso é que, após alguns minutos, os pássaros se habituam à presença do boneco inerte e deixam de se preocupar com ele, e é assim também com as pequenas perversões que o demônio nos sugere. Habituamo-nos a elas. Como uma droga alucinógena recreativa, é necessário aumentar a dose cada vez mais para que o mesmo nível do prazer inicial seja atingido.

É quando o demônio deixa de se alimentar apenas da simples ação que vai contra o nosso bom senso, da assim chamada "perversidade". Seus interesses, por assim dizer, expandem-se. Ele também se torna curioso. De quantas formas diferentes é possível atentar contra a integridade de uma pessoa? Em que momento isso deixa de ser satisfatório?

Eu acredito plenamente — na verdade, eu sei disso pela

minha própria experiência — que existe um patamar para acima do qual em geral não se atravessa. Para isso, é preciso estar disposto a cruzar um limite. Dezenas de oportunidades aparecem a cada momento, e em cada um deles, se você prestar atenção aos seus pensamentos, vai notar os sussurros do demônio diretamente no seu cérebro.

Uma proporção muito maior de pessoas que se imagina ultrapassa o limiar. Muitas vezes consideramos essas pessoas inofensivas ou inocentes, ou que o mundo e as pessoas são assim mesmo e não há nada que se possa fazer: são os gerentes que impõem seu poder sobre seus funcionários, fazendo com que trabalhem demasiadamente e sem necessidade, tomando-lhes a saúde e o convívio com a família; é o chefe de repartição pública que retém os documentos e transforma algo que poderia ser solucionado em questão de minutos em um problema que dura meses ou anos; é o morador que impõe suas manias e costumes aos seus vizinhos, tornando-lhes a vida um inferno. Não porque exista uma necessidade real para cada uma dessas atitudes, mas apenas simplesmente porque podem, porque isso — dentro dos parâmetros mesquinhos criados pela influência do demônio — mostra seu domínio sobre os seus semelhantes. A psicologia moderna, inicialmente, propôs-se a catalogá-las e a seus comportamentos, chamando-os genericamente de sociopatas. Mas já há algum tempo que a quantidade de comportamentos antissociais fez com que a classificação dessas doenças se tornasse uma empreitada sem fim.

Ah, e, eventualmente, você vai cruzar o limite, e isso não tem volta. A psicologia também tem um nome para essas pessoas. Ela as chama de psicopatas.

Você vê, mesmo as pessoas que pouco respeito têm pela dignidade e pela vida de seus semelhantes e seus demônios costumam respeitar aquela linha. Talvez bem aí, o anjo da bondade não seja uma parte tão absurda da metáfora, já que ele consegue segurar muitas disposições. Mas, vamos ser sinceros, ele não pode muito. Há demônios que não se saciam com pouco. Para estes, a integridade, a dignidade e a vida do outro passam a ser simplesmente o alvo das próximas transgressões — não importa a que custo.

Nesse ponto, o demônio da perversidade se transforma no demônio da maldade. É o que leva pessoas comuns a se transformarem em assassinos: invadindo cinemas, escolas ou igrejas, dando fim à vida de quem encontram pela frente e, invariavelmente, terminando com a sua própria vida. Eu me atreveria a dizer que esses são os casos fortuitos, porque a incapacidade do criminoso em se preservar evita que ele cometa crimes piores no futuro.

O demônio da maioria dessas pessoas, no entanto, é cuidadoso. Ele não impõe de forma brusca que se cruze o limiar em que a vida deixa de ter valor. Recorre na verdade ao prazer obtido em situações em que a decisão não é tomada conscientemente. A coisa acontece como um pequeno acidente. Um inseto rastejante em sua casa, um sapo correndo pelo mato ou um gato atravessando a rua à frente de seu carro. É quase impossível perceber o sussurro em seu ouvido, e a reação é quase automática, mas o efeito é duradouro. É o momento em que todos os limites ficam para trás.

Como eu perguntei ali acima: de quantas formas diferentes é possível atentar contra a integridade de uma pessoa? De quantas maneiras você pode combinar o dano à sua dignidade e sua vida ao mesmo tempo? Como você pode fazer nascer o medo em seus olhos? Será que depois de algum tempo, assim como os pássaros junto ao boneco da coruja, essa pessoa se habituará ao medo? E, se for assim, você consegue trazer o medo de volta? O quanto isso afirma seu poder sobre ela? Isso é satisfatório?

Não é difícil, depois de algum tempo, responder a essas perguntas. É um questionamento quase científico. Os seus primeiros estudos serão desajeitados, carecerão de cuidado e o tremor em suas mãos o impedirá de realizar um trabalho tão exigente com a qualidade que merece. Mas, se você for persistente, com pouco tempo a prática lhe permitirá adquirir as ferramentas certas e a *expertise* necessária para executar a tarefa com perfeição: o corte perfeito, o que causa o mais suave fluxo de sangue, os pontos que causam dor, os que não causam dor... como retardar a morte e como causá-la. Eu conheço o meu demônio e sei como alimentá-lo.

E aqui vem o último erro de meu predecessor. Veja, ele cometeu o crime perfeito, mas não se deu conta de que o seu demônio da perversidade era, na verdade, insaciável. Não foi capaz de compreender que é possível satisfazê-lo e manter, assim, a sua própria integridade, a sua própria dignidade e sua própria vida. E, incapaz de controlá-lo, a única coisa que lhe restou fazer foi confessar sua culpa.

O que para mim é uma atitude inaceitável. Meu demônio é exigente e tem uma sede insaciável. Mas, do mesmo modo que nos alimentamos regularmente três vezes ao dia e podemos subsistir à fome, é possível prover ao demônio uma sequência regular de transgressões — não tão pequenas agora, é verdade — e mantê-lo sob controle. Estou disposto a fazer isso — não, eu terei prazer em fazer isso enquanto for possível.

LEONARDO DUPRATES

Leonardo Duprates é escritor de literatura fantástica com contos publicados em antologias das editoras Lendari, Coerência, Luva, Maldohorror, Elemental e Anansi Books.

Nascido em Sapucaia do Sul, RS, em 1987, é também engenheiro de software, compositor e baixista.

E-MAIL:

lduprates@gmail.com

FACEBOOK:

https://www.fB.me/leoduprates

INSTAGRAM:

@leoduprates

Leonardo Duprates se inspirou no poema *"The Raven"*, publicado pela primeira vez em janeiro de 1845.

Profeta, ou o que quer que sejas!
Ave ou demônio que negrejas!
Profeta sempre, escuta: ou venhas tu do inferno
Onde reside o mal eterno,
Ou simplesmente náufrago escapado
Venhas do temporal que te há lançado
Nesta casa onde o horror, o horror profundo
Tem os seus lares triunfais,
Dize-me: "Existe acaso um bálsamo no mundo?"
E o corvo disse: "Nunca mais".

"O Corvo", Edgar Allan Poe.

OCASO

Leonardo Duprates

I. Claustro

Um sentimento de culpa se apossou da minha consciência seguido pela agonia que transformou a ansiedade em dor. Meu espírito adoeceu e minha razão mergulhou na escuridão da ignorância, perdido por sentimentos tão cruéis e obscuros, oriundos de uma fonte desconhecida, mas latente em minha alma.

Se não fosse pelo ambiente estéril da abadia e pelos companheiros que me levaram, no alto da loucura, para as catacumbas de Iona, provavelmente teria tirado minha vida nas torres e cometido o pior crime de todos, o suicídio.

Acordei rodeado pela escuridão. Caminhava vacilante, sentindo os recortes mal talhados das pedras sobre o chão. Tateei cada centímetro das paredes à procura de uma porta até ser surpreendido pelo ranger das dobradiças em minhas costas.

Através da pequena abertura, deixaram-me uma vela e o livro sagrado.

Com a luz tremulante, encontrei mesa e cadeira apodrecidas pela umidade e comidas pelos cupins. A escuridão era tanta que meus ouvidos se tornaram mais sensíveis. Eu era capaz de escutar perfeitamente os passos rápidos dos ratos correndo junto às paredes, o arrastar dos vermes entre as juntas do piso e o zumbir das asas das varejeiras sobrevoando minha cabeça.

Em certo momento, perdi a noção do tempo. Meus sonhos eram tão vívidos que me sentia transportado para lembranças de outros tempos, tempos em que a felicidade era plena: os verões na casa de campo, herança de meu avô; o esplendor das pinturas espalhadas pelas paredes do casarão; meu pai buscando-me na cama para o café da manhã; minha mãe triturando as maçãs recém-colhidas no pomar para rechear a torta e servi-la na sobremesa; o sorriso inocente de Madeline ao ver o pôr do sol.

A maioria das lembranças parecia convergir em punição à minha insistência em afrontar a única regra imposta por meu pai. Sorrateiro, arrastando os pés para impedir os estalos do assoalho, invadia a biblioteca de meu falecido avô. Nas mãos, as chaves surrupiadas do cofre de papai. Astuto, inspecionava cada um dos livros empilhados sobre as estantes até encontrar, escondido entre as páginas, cartas, fotos ou mesmo mechas dos cabelos de Lenora. Na penumbra do cômodo, admirava o papel de parede bordô e seus florais dourados, escolha de minha avó. Apaixonava-me pela pintura em tamanho real de Lenora, sentada sobre o divã naquela mesma sala. Impressionado, acomodava-me na poltrona para cobiçar o busto pálido e tirano de Pallas sobre o umbral.

Aquele belo sonho, repleto de doces lembranças, virava um terrível pesadelo quando a escuridão invadia a única janela do aposento e, como hera rastejante, aferrava-me os punhos e calcanhares contra a poltrona. Paralisado, assistia ao atraente busto de Atenas se transformar em um palanque mundano, no qual uma besta corvídea de olhos diabólicos aguilhoava minha alma em punição ao devaneio herege de macular o templo de Lenora.

Despertei aos frangalhos, com o coração em pânico, debatendo-se contra as costelas. Uma fadiga severa me impedia de sair daquele claustro. Desesperado, fiz das folhas da Bíblia pergaminhos. Do sumo negro do limo que cobria as pedras, tinta. Coloquei-me a transcrever cada uma dessas perturbadoras alucinações alimentadas pela covardia que fulminava minha razão com a esperança de que, um dia, explicassem esse ocaso.

Então o telegrama chegou.

Quando o envelope atravessou a fresta, as alucinações se dissolveram em cinzas e me coloquei a ler aquela mensagem como um errante devora um prato de comida.

Sr. Froissart,

façamos vós saber, com os devidos pêsames e luto, que seu pai faleceu na propriedade de Black Rise.

Conta-se que a morte foi causada por circunstâncias desconhecidas, na biblioteca da casa.

O sepultamento, no mausoléu da fazenda, foi realizado a tempo de preservar a condição do corpo pelo padre do condado e inspecionado pelo seu amigo e intendente desta vila.

Convocamos o Sr. para a reclamação dos bens através da leitura da carta testamento deixada pelo honorável Froissart dias antes da morte, aos cuidados de Srta. Madeline.

Respeitosamente,

John Laplace"

Quando o nome do intendente, remetente da carta, saiu por meus lábios, escapou-me o último fôlego e tombei. No chão, voltei a sentir a opressão daqueles olhos abjetos julgando-me através da escuridão profana.

— Nunca mais — falou o demônio com a sua voz estrépita antes de desaparecer.

Enfim, minha razão compreendia o luto de meu espírito e podia guiar carne e ossos para a luz, mas jamais voltaria a encontrar a paz de outrora, assim como a besta profetizara sobre o umbral, nunca mais.

II. Catafalco

Os motores do transatlântico RMS Campania empurraram o grandioso navio britânico para fora do porto de Liverpool rumo à América. Os tripulantes acenavam com luvas e lenços para os amigos e parentes na plataforma enquanto, vagarosamente, o continente se perdia no horizonte. Eu simplesmente busquei a paz de meus aposentos, ignorando toda aquela comoção.

O pequeno quarto, compartilhado com outros seis passageiros, não tinha janelas e cheirava ao habitual mofo das seções inferiores. Solitário, escolhi uma das camas disponíveis no último pavimento do beliche, livrando-me do incômodo dos outros passageiros. Deitei-me disposto a recuperar-me, nos próximos quinze dias de viagem, da debilidade que me acossara. Mas fracassei.

Os pesadelos continuavam a me perturbar. Dessa vez, eu tinha forças para lutar contra os tentáculos da escuridão, mas mesmo com toda a persistência do mundo acabava sucumbindo em frente ao majestoso retrato de Lenora, que, a cada novo sonho, deformava-se até que a pintura de minha avó se transformou na delicada Madeline.

Conhecera Madeline no verão em que completava doze anos de idade. A menina cavalgava na companhia do pai pelas proximidades da fazenda de Black Rise, quando o cavalo prendera a pata em um cepo de álamo, levando-a ao chão.

Com o impacto, Madeline ferira a cabeça e desmaiara. Sr. Wright a levara às pressas até nossa fazenda. Lembro-me quando minha mãe abrira a porta e o cavalheiro adentrara carregando-a em seus braços. Envergonho-me ao revelar que me apaixonara naquele exato momento, mesmo a menina estando ferida e inconsciente.

Emma instintivamente conduzira a família Wright até o divã que ficava na biblioteca. A senhorita fora deitada sobre o coxim enquanto as serviçais preparavam ânforas com água e compressas para tratar a ferida. Papai logo chegara. Quando se deparara com os cavalos abandonados no jardim e as portas escancaradas, correra seguindo as pegadas enlameadas e as gotas de sangue sobre as tábuas de carvalho.

Encontrara Madeline deitada sobre o divã de Lenora, as águas das ânforas encharcando com sangue os tapetes persas, os preferidos de sua mãe. Ficara enfurecido, os olhos coléricos percorreram toda a dimensão da sala, procurando por mais algum vestígio de desordem. Suspirara profundamente, deixando a raiva escapar lentamente através das narinas. Eu estava ajoelhado junto à mamãe e ao Sr. Wright ao lado do divã. Subitamente, ele passara a nos ignorar e perguntara às serviçais o que teríamos para o almoço enquanto servia um copo de uísque. Até hoje, tenho certeza de que papai teria nos expulsado da biblioteca se Madeline não estivesse desacordada.

A menina só recobrara a consciência duas horas depois. Nossa carruagem a levara ao médico na vila de Ellicott, enquanto dois pelejadores cavalgaram até a fazenda da família Wright para dar as más notícias. Depois desse infortúnio, as portas da biblioteca sempre estiveram fechadas e as chaves guardadas no cofre de meu pai.

Sr. Wrigth nos enviara a sua melhor empregada para limpar o tapete e o divã, um ato que papai considerara uma afronta. Em vez de usar as habilidades da qualificada serviçal, colocara-me a esfregar o chão. Confesso que até hoje, como uma maldição, o sangue escarlate de Madeline continua incrustado no tapete e entre as juntas do assoalho.

A partir daquele dia, o relacionamento entre nossas famílias deixara de ser amigável. Eu e Madeline começamos a nos encontrar escondidos no bosque de Billy Goat. Depois de alguns anos, descobrira que meu amor era correspondido e começamos a traçar planos para nosso futuro.

Mas o horizonte não guardava boa sorte. No inverno de 1880, minha mãe falecera acometida por uma tuberculose em Rockville. Mesmo sob protestos dos médicos, papai enviara o corpo de Emma para ser velado e enterrado no mausoléu de Black Rise. No mesmo ano, meu pai abandonara a companhia de construção ferroviária e se mudara definitivamente para a fazenda. Eu fora enviado à Escócia para estudar no mosteiro de Iona.

Esse turbilhão de memórias, mesmo com tanta desventura, inundaram meu coração de esperança e dissiparam os pesadelos diabólicos. Conforme os dias passavam e o porto de Maryland se aproximava, a febre e a fadiga desapareceram e, enfim, eu me sentia revigorado para rever Madeline.

Quando parecia que eu havia tomado as rédeas da minha vida, um ruído fastidioso rompeu meus ouvidos e cegou meus olhos, voltando a dominar minha mente. Os olhos rubis da besta brilharam na escuridão. O ruído se tornou uma voz rouca e sepulcral, sussurrando:

— Nunca mais.

III. Amun

Quando o barco aportou nas docas de Baltimore, saltei pelas escadarias como quem foge da forca. Sem dinheiro para contratar um cocheiro ou comprar um cavalo, durante a apresentação dos documentos ao oficial do porto, ofereci-me para guiar um grupo recém-chegado de emigrantes irlandeses até a vila de Ellicott.

Cavalgamos seguidos pelas berlindas abarrotadas de mulheres e crianças pelas estradas enlameadas de Maryland. Quanto mais avançávamos pelo caminho, mais densa e turva se tornava a névoa, até que em certo ponto optamos por diminuir a velocidade para não nos perdermos. A viagem planejada para dois dias se estendeu e quase uma semana depois chegamos às cercanias de Ellicott.

Quando avistei os primeiros prédios da cidade, vislumbrei Madeline sobre o seu *fox trotter* ocre a me esperar no pórtico do povoado. Meu corpo inteiro se arrepiou ao ver a dama usando terno e botas de montaria. Bati com os estribos contra o cavalo, fazendo-o correr ainda mais rápido. Minha excitação foi tanta que ignorei os protestos dos colonos, que estranharam aquela conduta.

Minha amada também se colocou a cavalgar, afastando-se de mim. Não compreendi aquele comportamento, apressei o pobre *blaze,* que troteava o mais rápido que podia. Pouco a pouco, entramos na estrada que levava para Black River. A viagem seguiu em meio ao nevoeiro por quarenta minutos até chegarmos à fazenda.

Atravessamos os portões metálicos, precipitados à beira da estrada, avançando entre os pinheiros mortos, que antes formavam uma cerca viva rente ao caminho de pedra até o casarão. Quando cruzamos a estrada e entramos no jardim, o nevoeiro se tornou mais opaco e deixei de enxergar a silhueta de Madeline sobre o cavalo.

Cavalguei lentamente observando aquele local desolado. As flores que antes formavam lindos arranjos estavam mortas. A grama, que outrora era verde, agora ressecada, cobria o chão com um tom acobreado. As árvores apresentavam galhos secos e curvados, como se fossem garras.

Amarrei o *blaze* ao pé das cariátides e chamei por Madeline. Investiguei os vestígios sobre a estrada à procura de algum sinal do *fox trotter.* Não encontrei uma única marca sobre o chão que não fosse de meu cavalo.

A noite chegou mais rápida que eu previra. A névoa se

transformou em nuvem maciça, dificultando o meu respirar. Impelido, subi rapidamente os degraus de mármore, que com o impacto dos meus passos se dissolviam, transformando-se em rostos desfigurados pela dor.

Quando cheguei à porta, levei lentamente a mão até a maçaneta. Antes de meus dedos tocarem a haste de metal, um rangido soou e a porta se abriu vagarosamente. Esperei por um serviçal ou Madeline, mas fui recepcionado pelo silêncio da solidão. O interior do casarão estava tomado pela escuridão cortada por um pequeno feixe de luz, uma vela trepidando pelas frestas da porta entreaberta da biblioteca.

A imagem de Lenora veio à minha mente. Pisei com força contra o chão e ouvi o ranger do carvalho se propagar no silêncio. Ao atravessar o umbral, senti a porta fechar-se lentamente às minhas costas. A biblioteca estava soberana. Os livros de Filosofia, Alquimia e História empilhados e perfeitamente organizados. O papel de parede bordô pulsava vivaz enquanto os bordados dourados refletiam as luzes das velas. A poltrona, o divã e a escrivaninha, impecavelmente lustradas. No umbral, o busto de Atenas, branco como a neve, dava-me boas-vindas.

Sentei-me no divã e inspecionei o tapete até encontrar o sangue cristalizado de Madeline. Deixei um suspiro escapar por meus lábios, batidas ecoaram da porta. Débil, corri para abri-la. Nada, absolutamente nada. Uma torrente de lamúrias eclodiu em minha alma. Implorei perdão aos espíritos daqueles que abandonara. Lembrei-me dos anos em que me dediquei ao ócio, menosprezando a solidão de meu pai e o amor de Madeline.

Novas batidas; a passos largos, caminhei em direção à janela. Com as mãos trêmulas, afastei as cortinas de cetim. Aparvalhado, retirei o grilhão que fechava as folhas e as abri dramaticamente. Um manancial negro desaguou sobre minha cabeça, jogando-me ao chão.

As sombras se converteram em uma ave de plumagem

negra e elegância aristocrática. As penas cintilavam cores azuis e arroxeadas, o bico curvado era de um amarelo intenso e tão magnífico quanto o ouro. Os olhos redondos e fumegantes jorravam lágrimas de lava.

O corvo sobrevoou a sala até pousar sobre o Pallas.

— Oh, criatura abissal! Por que inebria minha alma e enlouquece minha razão? Quando terei a luz de minha vida e o calor do amor pulsando novamente em meu coração? — implorei, ajoelhando-me em frente ao umbral.

— Nunca mais — falou a criatura em coro com os demônios de Amun.

A resposta do profeta da noite castigou meu espírito. Perdido em minhas próprias lamentações, ofereci àquele náufrago de Baa'l a última chama de minha vida em troca de um beijo de despedida de Madeline.

— Nunca mais, nunca mais, nunca mais... — sua resposta reverberou pela sala, transformando-se em uma ladainha opressora.

Os livros raros despencaram das estantes. Os vasos de fina olearia se quebraram em milhares de pedaços. Os tapetes, tecidos da antiga Pérsia, encheram-se da poeira e dos destroços das mobílias.

— Ave ou demônio que negrejas! Se és o guardião da escuridão, serei a coroa de Chu. Se és a morte, serei a cetro de Taweret. Se queres o triunfo, serei a flecha de Montu — ameacei, observando a criatura derrubar o Pallas do umbral, estraçalhando-o no chão.

O corvo voou, projetando sua sombra pelas quatro paredes da sala. Lentamente, seu corpo se dissolveu, caindo como gotas de piche sobre o chão. Assombrado, assisti ao cenário que me rodeava dissolver-se, transformando-se em lama. Incapaz de fugir, vi meu corpo sendo tragado pela massa negra. Esperei a morte. Mas minha maldição não havia terminado. Na escuridão absoluta, voltei a delirar com lembranças de vidas que não eram minhas.

Sentia Madeline em meus braços, sorrindo para o pôr do sol no rio *Potomac*. Em seguida, transportava-me para Baltimore, brindando com Emma em um elegante restaurante francês. Subitamente, acordava em uma balsa sob o rio Nilo com Lenora nua repousada sobre meu peito.

Clamei por minha sanidade, mas escutei de minha própria voz:

— Nunca mais.

L. J. LUNEWALKER

L. J. Lunewalker é escritor, antologista, editor gráfico e cozinheiro amador. Nascido em 1994 em terras amazônicas, seguiu seu destino para ser adotado pela região pantaneira. É um grande fã de horror especulativo, admira Stephen King e Neil Gaiman, assim como H. P. Lovecraft e Charles Bukowski. Carrega junto desses nomes de peso um carinho especial por lendas urbanas e contos do folclore brasileiro, usando o seu país como cenário para a maioria de suas narrativas. Escreve sempre ao som de *power metal*, *punk rock* ou *country*, parando apenas para uma boa dose de café ou água de coco. Se distrai ouvindo *podcasts* e lendo revistas em quadrinho independentes e adora conversas que desencadeiam linhas de pensamentos que tornam impossível determinar qual era o assunto original.

Participou como autor das antologias "Por baixo d'água", "O Mundo Fantástico de R. F. Lucchetti" e "Quando a Noite Cai"; além de ter certa compulsão para o tipo, também possui contos e noveletas independentes publicadas na Amazon.

É membro da ABERST (Associação Brasileira dos Escritores de Romance Policial, Suspense e Terror) e é o Grão-grão da Ordem Amendoal, coletivo caótico de teóricos do universo.

E-MAIL:

ljlunewalker@gmail.com

FACEBOOK:

http://facebok.com/ljlunewalker

INSTAGRAM:

https://www.instagram.com/ljlunewalker/

TWITTER:

https://twitter.com/ljlunewalker

L. J. Lunewalker se inspirou no conto *"The Pit and the Pendulum"*, publicado pela primeira vez em 1842 e revisado em 1845.

Recordo-me de uma sensação de letargia e umidade. E então, tudo é loucura — a loucura de uma memória que se ocupa de coisas proibidas.

"O Poço e o Pêndulo", Edgar Allan Poe.

TEMPO DE ESCURO

L. J. LUNEWALKER

As fotos me deixaram consciente de que o tempo passava depressa... Suspirei enquanto meus dedos percorreriam a superfície envidraçada, tinha algo naquelas figuras que me retomavam pensamentos que achei há muito ter perdido. Lá fora, o vento soprava pela escuridão e as janelas da casa batiam, seguindo o ritmo da tempestade que passava. Merda, merda, merda... Por que eu tinha ido me deitar sem antes fechar tudo? Procurei meus chinelos com os pés, uma aranha se desprendeu de um deles, esmaguei a pequena criatura com o pé calçado.

Liguei a luz do abajur.

Apertei os olhos, a escuridão confrontava a tecnologia. O negro da noite invadia o cômodo pela janela e parecia querer me devorar. Um clarão rápido passou diante de meus olhos, senti meu corpo se encolher quando o som distante rugiu entre as nuvens escuras. Sim, sim, estava ali. Sempre estava ali, eu sei. Levantei da cama e fechei a janela do quarto, uma pequena fileira de aranhas seguia seu caminho para fora. Teriam consciência do que eu acabara de fazer com sua companheira? Empurrei-as com um pedaço de papel qualquer, talvez fosse melhor deixá-las em paz... Talvez eu só precisasse ficar em paz também.

As fotos me deixaram consciente de que o tempo passava depressa... Tantas imagens, sempre seguindo meu caminho pela casa. Os muitos rostos seguiam em uma igualdade ímpar, observando meus passos, registrando em silêncio o caminho que eu fazia, aguardavam pela chegada de uma nova imagem. Um homem de pele acobreada e cabelos dourados sorria em uma das imagens, os olhos pequenos brilhavam enquanto ele se dispunha a manter de pé uma tábua marcada por longos registros feitos à mão. *Que idiota,* eu pensei. Nossos olhos se encontravam, um novo rugido celeste me despertou do transe. Aquele imbecil, claro, era eu mesmo. Meu próprio retrato me fazia parecer um idiota. Sorri, envergonhado, agradecendo por não haver quem pudesse perceber o que eu fazia.

Desci as escadas enquanto meus ossos estalavam, as batidas das janelas diminuíam conforme chegava perto delas, fechando uma após a outra. Acendi uma vela na sala, não tinha televisão e as lâmpadas queimadas estavam muito ao alto para que eu as trocasse. Não, eu precisava chamar alguém em algum momento. Talvez fizesse isso após o almoço, mas, agora, enquanto a tempestade silenciava, era melhor esperar. Olhei para o relógio acima da poltrona de couro marrom, eram quase quatro horas. Não muito longe do que eu planejava acordar, não. Quem sabe... O que eu poderia fazer? O silêncio ecoou, o cheiro de cera derretida me acompanhava por toda a casa. As manchas de um amarelo com marrom dançavam diante de meus olhos, minha própria sombra tremeluzia, um arrepio correu em meu corpo, as batidas na janela voltaram com força. Um rosto escuro me observava diante de meus olhos, a imagem cravada em minha mente, em minha casa. O rugir voltou, meu corpo se curvou de imediato em uma reação de conter um arrepio e impedir que um gemido escapasse de meus lábios.

Ah, as formas.

Todas as formas conscientes ou não me seguiam, todos os dias caminhavam comigo. O barulho dos meus pés batendo no assoalho enquanto os passos se perdiam sem deixar a velha construção. O arrepio seguindo-me até a cozinha, a única janela que não precisava ser fechada... a única janela que eu precisava abrir ou sufocaria. Coloquei a chaleira no fogo, agora era esperar a água ferver. Respirei fundo, talvez uma boa leitura... Esperar pelo nascer do sol. Quanto mais cedo o dia começasse, mais cedo ele terminaria também. Quão logo o *astro-rei* se erguesse em sua posição de maior poder, logo eu estaria em paz.

Deixei meu corpo relaxar, puxei uma cadeira perto da pia e meus olhos se perderam no infinito da escuridão. As janelas voltaram a bater, apertei meus olhos, concentrando meus pensamentos na minha respiração; um, dois, um, dois. Todo dia. Toda vez. Olhei para a chaleira, ainda ia demorar para que a água fervesse...

As janelas bateram com mais força, risadas seguiram correndo pelo redor da casa. A fúria tomou meu corpo outra vez, outra vez aquilo. Levantei-me, os estalos do joelho mais fortes com o movimento súbito, mas a raiva se escancarava com mais vigor. Apanhei a vassoura no caminho, a porta se abriu com violência, as formas escuras dançando em contraste, mais assustadoras do que o brilho dos céus, rompendo o véu negro e mostrando o azul brilhante, as formas sorriam para mim. Um, dois, um, dois. O arrepio correu com força em meu corpo, eu estava sozinho e tinha apenas uma vassoura. Os risos se misturavam entre eles e o bater das janelas. Ergui minha arma, pronto para o primeiro golpe.

Respirei fundo.

A porta fechada.

As formas dançavam na madeira, no branco sujo da casa, as formas se encontravam nas manchas do tempo. Eu estava sozinho e tinha apenas uma vassoura. Um, dois, um, dois. As fotos me deixaram consciente de que o tempo passava depressa... Uma mulher respondia ao meu tormento com um triste olhar no rosto, compadecida de minha inocência. Seu rosto bonito e triste me apertou o coração.

Eu estava sozinho e tinha apenas uma vassoura.

Quem era ela? Aquela figura nada dizia, nenhum pensamento se montava diante de meus olhos, as formas escuras deixavam de ser a preocupação inquietante, a ausência da memória era o medo. A morte em um escuro vazio não era assim tão assustadora agora. Suspirei. Quem era ela? Eu estava sozinho dentro de uma caixa de madeira velha e malcheirosa, que ria de minha mente. O tempo gargalhava de mim, a vida se esvaía a cada lamento que minha alma proferia. Quem era ela? Aproximei-me da memória, a lembrança vaga de um tempo brilhante... Afastei-me de súbito, talvez fosse melhor assim. Lembrar-se de algo que não se consegue mais esquecer pode ser pior do que nunca perceber que esqueceu algo... Não é? Pergunto-me se o silêncio da mente é, de fato, assim tão perturbador quanto a inquietante sensação de saber que nunca conseguirá se lembrar de fato.

Quem era ela?

O grito do metal e da água me despertaram de pensamentos perturbadoramente maravilhosos, ou maravilhosamente perturbadores? Eu ainda apertava o cabo da vassoura em minhas mãos, quem fez isso? Resmungando, entrei na cozinha e a chaleira cantava sobre o fogo, o vapor escapando com força de seu corpo metálico. A cozinha envolta em uma névoa forte, que escapava pela janela e ganhava o mundo. Desliguei o fogão, quem colocara aquela porcaria ali? Olhei para fora da janela, ainda estava escuro. Que horas eram? O relógio marcava pouco mais de quatro e meia da manhã, quem colocara a chaleira ali? A marca de negro sobre o metal polido... Quanto tempo o fogo tomara o ferro? Céus...

Eu estava sozinho e tinha apenas uma vassoura e uma chaleira queimada sem água alguma dentro. Suspirei. O silêncio tomando de volta seu posto dentro da casa, a torneira pingando... Dei de ombros, enchi a chaleira e a coloquei de volta ao fogo. A chama pareceu não ter mais tanta força para esquentar a água... Sorte, eu precisava de sorte.

As fotos me deixaram consciente de que o tempo passava depressa... As formas dançando diante dos retratos na geladeira. Paz, eu preciso de paz. O pensamento me protegia, o medo tentava me acossar, mas o pensamento me protegia. A paz. Eu precisava de paz. A chaleira gritou, as formas riram, as janelas bateram e a porta se abriu. Eu estava sozinho e, agora, não mais tinha uma vassoura nas mãos. Tudo o que me restava era o silêncio pervertido pela casa, o escuro chamando, a dúvida.

Quem era ela?

As memórias me agarravam enquanto meu corpo desfalecia sobre o chão da cozinha, a lembrança de erros antigos. As tábuas marcadas nos encantaram, quem era ela? Seu corpo sensual marcava o vestido, sua barriga salientando uma gravidez que parecia me causar felicidade, mas ela não sorria. Nunca sorria. Uma terceira figura, as mãos em meus ombros, enquanto eu erguia a tábua para o registro. As mãos escuras dançavam sobre meu corpo, a bela grávida desviava o olhar, quem era ela? Senti a escuridão firme em mim, a distância aumentando entre nós. Quem era ela? De quem era o bebê em seu ventre?

Seria meu?

Meus olhos se abriram, o chão gelado da sala de estar iluminado por uma fileira de sete velas. Meu corpo seguro por roupas antigas que me cobriam como cordas pesadas. As janelas batendo sem parar enquanto o vento invadia a casa velha. O cheiro da chuva irrompendo junto e a luz dos céus rugindo enquanto o medo me consumia.

Gritei.

Gritei.

Ninguém me ouviu.

Ninguém jamais me ouviu gritar, as figuras escuras dançavam nas paredes, nos retratos, dançavam todas juntas diante de meus olhos e invadiam meus pensamentos. O vazio, o escuro, o que acontecera? As fotografias deixavam suas imagens se perder, o branco e o negro tomando o lugar das figuras. Escorriam como um água negra para dentro da casa, a porta bateu, as velas se apagaram.

A figura da mulher grávida desapareceu de seu retrato, meus olhos se encheram de água enquanto a lembrança se esvaía, passando em meus pensamentos como um filme. O filho... a criança... era minha? Quem era ela? Onde ela estava? Quem era a terceira figura? Figuras... Silêncio. A escuridão tomando não apenas a casa, tomando minha mente e minha alma. Meu próprio retrato se esvaía ao lado do dela, nem mesmo a tábua marcada do passado restara para um pensamento claro.

Escuro.

Apenas o escuro.

Céus, as risadas se erguiam em meus pensamentos. O mundo ria, o tempo gargalhava, a vida se esvaía. Eu me debatia no chão, o cheiro da cera derretida queimando em minhas narinas, os móveis pesados me atingiam enquanto eu me soltava das amarras de roupas. Aranhas seguiam seu caminho sobre a casa, as paredes manchadas imóveis, as muitas pernas seguindo em fila.

Escuro.

Apenas o escuro.

As fotos me deixaram consciente de que o tempo passava depressa... Suspirei enquanto meus dedos percorreram a superfície envidraçada. Livrei-me das cobertas que se enrolavam em meu corpo, atando-se em volta do meu pescoço. O sol raiava para fora da janela do quarto. Uma moça com um sorriso bondoso abriu a porta, quem era ela? Sua barriga saliente marcava a gravidez, ela me tomou pelas mãos e tirou a coberta de meu corpo, preocupada com o que poderia ter acontecido. Quem era ela? Ela me guiou para o banheiro e me fez escovar os dentes. As fotografias espalhadas pelas paredes, objetos antigos enfeitavam o quarto. A moça deixou a bolsa sobre minha cama, de onde ela vinha? Abriu a sacola de viagem e tirou um embrulho leve. Meus pensamentos se atropelavam uns aos outros, deixando espaço para uma única coisa: o vazio.

Quem era ela?

Ela estendeu o embrulho, o sorriso encarecido me lembrava... Quem era ela? Minha respiração pesada, ela tomou minhas mãos, os olhos dela eram tão familiares e ao mesmo tempo tão distantes. Por que eu não consigo me lembrar de quem ela é?

— Papai — ela falou —, está na hora de você tomar os seus remédios.

MATEUS HERPICH

Mateus Herpich é biomédico e cientista, além de escritor de terror e fantasia. Participou das antologias "O Corvo: Um Livro Colaborativo", "A Sociedade dos Corvos", antologia vencedora do Prêmio Brasil Entre Palavras na categoria de melhor livro de Contos de 2017, "O Mundo Fantástico de R. F. Lucchetti" e "Daemonum Sigillum".

Instagram:

@mestreherpich

Wattpad:

@HerpicH

Mateus Herpich se inspirou no conto *"The Unparalleled Adventure of One Hans Pfaall"*, publicado em 1835.

Eu decidi partir, mas viver — deixar este mundo, porém continuar a existir — em resumo, deixando de lado os enigmas, eu decidi, acontecesse o que fosse acontecer, forçar passagem, se pudesse, à Lua.

"A Aventura Sem Paralelo
de Um Tal Hans Pfaall",
Edgar Allan Poe.

A INACREDITÁVEL EXPEDIÇÃO DE UM TAL GART JUBILLUS

Mateus Herpich

Edgewood, Massachusetts, era um distrito interiorano dos Estados Unidos sem nada de especial. Construída em um mar de colinas florestadas, era habitada por madeireiros e suas caminhonetes, e poucos ligavam para o que acontecia além de suas fronteiras. Contudo, a manhã de segunda-feira foi diferente de todas as outras. Assim que os moradores despertaram e deram uma primeira olhada nos seus celulares, encontraram nas redes sociais um vídeo que gerava cada vez mais compartilhamentos e interações.

A transmissão realizada naquela madrugada iniciava com uma música instrumental de tom ominoso e uma imagem vaga e mal iluminada que, por fim, condensou em um rosto. Um senhor em sua sexta década de vida encarava os espectadores, os olhos oscilando entre a câmera e o que havia atrás dela. De pele clara, rugas na testa e uma barba grisalha digna de um ancião venerável, ele era uma figura conhecida de todos em Edgewood, e uma tarja apareceu na parte inferior da imagem, identificando-o como Gart Jubillus.

O Sr. Jubillus era o reparador de videocassetes da cidade, ou pelo menos costumava ser até todos substituírem seus aparelhos por tocadores de DVDs. O progresso provocara a falência do teimoso técnico de eletrônicos, que praticamente desapareceu da cidade por meses, cuidando de negócios misteriosos no interior. O Sr. Jubillus fitou a câmera por alguns segundos até começar a falar com sua voz naturalmente rouca:

— Boa noite aos que verão esta gravação. Neste momento, eu me encontro em um local secreto, distante de todos que zombam de minha pessoa e minhas ideias, escondido daqueles que buscam ocultar a verdade. Aos que dispõem de tempo para ouvir meu relato, deixo o alerta: as escamas cairão de seus olhos e vocês nunca mais poderão se fechar à verdade depois que eu a revelar.

"Meu nome é Gart Jubillus, sou morador conhecido de Edgewood. Trabalhei durante décadas no lucrativo e respeitável negócio de consertar videocassetes, até ser desbancado pela concorrência desleal dos tocadores de DVD, que invadiram todos os lares. Minha única fonte de renda, o ofício no qual me especializei durante toda uma vida, a maneira que possuía para sustentar minha esposa e filhos, tudo foi tirado pela indústria dos DVDs.

"Não me resignei de imediato. Procurei emprego em vários estabelecimentos, inclusive cujos donos certamente verão esta mensagem. Porém, a despeito das minhas tentativas de me erguer, tornei-me cada vez mais endividado e incapaz de sustentar uma família, fui tomado por uma melancolia e impotência que me direcionavam apenas ao fim definitivo: o suicídio.

"Mas eu precisava de dinheiro até mesmo para esse intuito. Realizei um empréstimo sem a intenção de pagar e contratei um serviço de internet para buscar um meio de dar cabo à vida. Deparei-me durante as buscas com um repositório online de vídeos, mais um concorrente para o negócio das fitas cassetes. Livrei-me da aversão inicial e um novo mundo de possibilidades se abriu para mim, e tão avassaladora foi essa descoberta que removeu da minha mente a intenção de findar a existência. Todo o conhecimento que me fora inacessível durante a vida estava lá, exposto de forma gratuita diante dos meus olhos. Eu poderia ir a lugares que conhecia somente como histórias, assistir à peças representadas somente nas capitais, ouvir palestras de vencedores do Nobel e saber da vida de todas as celebridades como se fosse seu amigo íntimo. Considerei este um grande milagre da civilização. Mal sabia, contudo — e, da mesma forma, mal sabem vocês! —, o quão cego eu ainda era à verdade.

Depois de dias me acostumando com as funcionalidades da computação e explorando as infinitas possibilidades da conexão virtual, conheci um sujeito misterioso — ou misteriosa, pois não revelaria sua identidade mesmo que a conhecesse. Esse guru nunca mostrava seu rosto, escondendo-se atrás de uma máscara e um par de óculos espelhados. Em seus vídeos, ele expunha as verdades da sociedade humana e da nossa existência — a Verdade, com letra maiúscula —, escondida das massas pela elite conspiratória. O guru era preciso em apontar os dedos: os milionários, os cientistas, o alto clero e todos que se proclamam detentores da verdade. Sua missão de revelar o conhecimento oculto me inspirou a embarcar em uma jornada para comprovar ao mundo o ensinamento mais importante: o planeta Terra, como sugere a palavra 'planeta', seria um disco plano e achatado, e não uma esfera como alegam os cientificistas."

Nesse momento do vídeo, a imagem de Gart desaparecia para dar lugar a uma ilustração de um mundo semelhante ao globo terrestre, porém plano e cercado por uma faixa branca de gelo. Acima dele, uma abóbada translúcida o separava do espaço sideral, e as estrelas que o pontilhavam coroavam esse planeta. A imagem então desvanecia, retornando para o rosto do Sr. Jubillus, que parecia ler um texto na tela.

— Decidi provar a inexistência da curvatura da Terra da maneira mais direta possível: ascendendo aos céus e registrando fotos com uma câmera *polaroid* instantânea. Portanto, como não poderia ser diferente, minha jornada iniciou com a construção do aparato que me carregaria para altas altitudes: um balão de ar quente.

"Como já mencionado, meus recursos estavam escassos por estar desempregado. Agora que estou revelando a Verdade e sou, portanto, um inimigo dos poderosos, acredito que nunca mais poderei ter um emprego ou mesmo viver em sociedade. Os fatos, porém, são mais importantes que minha própria vida, principalmente por esta busca pela Verdade ter sido minha única motivação para não dar cabo dela.

"Assim, encarei a tarefa de construir um balão, acessando sempre as transmissões online de professores na rede. Adquiri diversas peças necessárias no ferro-velho local. Para começar, providenciei um amplo cesto de grade metálica coberto com lona e o adaptei com prateleiras fixas, um leito simples e outros adereços de minha necessidade. O envelope do balão foi confeccionado a partir de uma lona de caminhão reformada e envernizada para não vazar. Os queimadores a gás foram encontrados por acaso em uma venda de garagem, e outros apetrechos como barômetro, luneta, bússola, termômetro e um paraquedas — usado apenas uma vez — obtive de forma semelhante.

"Preparei-me para essa exploração em questão de meses, mantendo a empreitada em segredo. Assumi para minha família que estava trabalhando em um projeto secreto e inventivo, aluguei também com empréstimos e sob outro pretexto um barracão nos arredores da cidade onde eu fazia meus preparativos. Eu estava absorto na tarefa, determinado como nunca antes, impulsionado por um desejo quase insano de trazer a Verdade à tona. A ideia de uma conspiração mundial escondida de toda a população inocente para ocultar fatos ainda mais escabrosos era aterradora demais para ignorar. Com os ânimos elevados, lancei-me aos céus pela manhã.

"Inflei todo o envelope com os queimadores e o balão começou a subir. Liberei os sacos de areia que prendi às laterais do cesto para acelerar sua ascensão, vendo-os desaparecer cada vez mais rapidamente conforme eu subia mais e mais. Atingi os primeiros cem metros em menos de um minuto, continuei a acelerar, sendo recebido nas alturas pelo céu límpido e vento ameno.

"Em poucos minutos, atingi a marca do primeiro quilômetro. Um vento no sentido Leste-Oeste me carregava para longe de Edgewood e cada vez mais para o interior do continente, eu podia ver um mar de pinheiros cobrindo as colinas do estado. Até então, não havia sinal de curvatura alguma no horizonte, eu não pude evitar um sorriso animado. Usando uma simples régua alinhada à linha do horizonte, pude constatar que este continuava tão plano como deveria ser. Registrei o fato com minha *polaroid* e guardei a foto em uma pasta.

"O vento intensificou, carregando-me para o Norte cada vez mais rápido, desequilibrando-me com frequência dentro do cesto instável. Achei por bem estabilizar a altitude, evitando mais movimentos que poderiam me fazer despencar. Tentei aproveitar a vista enquanto o tempo fechava, registrando os lagos, cidades e reservas florestais vistos de mais de um quilômetro de altitude. Logo escureceu, e não pude mais fazer as observações. Mesmo assim, quando o vento arrefeceu, voltei a subir tendo somente a lua e as estrelas como companhia. O orbe celeste — ou seria também um disco achatado como a Terra? — lançava uma luz plácida e convidativa, e eu quase desejava liberar todos os pesos para flutuar até a lua.

"Imerso nesses pensamentos, ascendi por horas, até o ar rarefeito fazer meus pulmões arderem e me obrigar a refrear a subida novamente. A noite demorava a passar e o sono não viria mesmo se eu me forçasse a fechar os olhos. Meu estado de agitação, contudo, era tamanho que estava desperto como se fosse dia pleno. Eu manipulava a câmera, girando-a nas mãos suadas quando a primeira luz apareceu no horizonte."

No vídeo, Gart fez uma pausa, o rosto corado e a voz embargada. Ajeitou os óculos e prosseguiu com sua conclusão, a imagem do rosto dando lugar a uma foto de aspecto *vintage*. Em primeiro plano, havia uma régua de metal segura entre os dedos, e logo abaixo dela a linha do horizonte, curvando-se muito discretamente.

— A Terra, meus caros, parece redonda, admito. Arqueada dessa forma diante de mim, tenho certeza de que pareceria cada vez mais redonda conforme eu subia.

A imagem voltava para seu rosto olhando para baixo, consternado com uma luta interna. Ele permaneceu assim por vários segundos até sua face se iluminar com uma epifania:

— Mas entendam, ela só parece redonda! Isso é uma ilusão de ótica, alguma maquinaria cruel dos cientificistas para nos esconder a Verdade.

Ainda mais animado, Gart Jubillus ficou em pé, gesticulando amplamente.

— É isso! Vou fazer uma nova expedição até os limites do mundo. Eu revelarei o grande truque perpetuado para nos fazer pensar que a Terra é redonda!

O vídeo terminou subitamente com Gart Jubillus com o dedo em riste, sorridente com sua descoberta. O povo de Edgewood, conhecendo a irreverência do homem, saiu à sua procura tanto no meio virtual quanto no físico. Muitos se lembravam de ter visto um balão de ar quente estranhíssimo sobrevoando a cidade, mas nenhum soubera dizer do que se tratava ou tivera qualquer desconfiança de que seria o reparador de videocassetes. O Sr. Jubillus foi desacreditado como um velho que ficou louco após perder o emprego, nem mesmo sua família o viu novamente. Não se sabe onde ele gravou o vídeo, mas, a cada balão que sobrevoa Edgewood, os moradores da cidade acenam para o seu biruta de estimação.

MEG MENDES

Meg Mendes é formada em Engenharia Civil e estudante de Letras. Escreveu seu primeiro romance aos quinze anos, mas nunca o publicou. A antologia "Por baixo d'água" foi sua primeira seleção, na qual possui dois contos; além de sua participação em mais de vinte antologias.

Faz parte do "Clube dos Cinco" e é membro da ABERST (Associação Brasileira dos Escritores de Romance Policial, Suspense e Terror) desde julho de 2018. Atualmente, dedica-se ao projeto "Contos Coletivos", no qual, junto a um time de autores, escreve contos de vários gêneros publicados semanalmente no blog de mesmo nome (coletivodecontos.blogspot.com).

É organizadora das antologias "Grimm – Contos para sonhos horripilantes" e "Aventuras no País das Maravilhas" e foi convidada para coorganizar "Amor sem limites".

E-mail:
daniele.fleite@gmail.com

Instagram:
@meg_mendes

Site:
http://megmendes.com/

Facebook:
https://www.fb.me/EscritoraMegMendes

Skoob:
http://www.skoob.com.br/autor/17297-meg-mendes

Clube dos Cinco:
https://clubedoscincoautores.blogspot.com/

Contos Coletivos:
https://coletivodecontos.blogspot.com/

Meg Mendes se inspirou no poema *“Lenore”*. O poema foi inicialmente publicado como “A Pæan”, posteriormente reescrito e publicado como “Lenore” em 1843 e revisado em 1845.

Peccavimus; — não te enfureças! O hino de um Sabá
Deixa subir solene, aos céus, que à morta bem fará!

“Lenore”, Edgar Allan Poe.

INOCÊNCIA

Meg Mendes

O corpo diminuto estava gélido como os ventos de dezembro. E era tão silencioso... Deveria haver algum som além da respiração cansada dela.

Ah! Mesmo naquele momento era bela. A pele alva pontilhada de suor, as bochechas coradas do esforço recente. Tão bela também era a figura pequenina com os olhos cerrados em perfeita paz. A pele macia, porém imóvel.

Não houve choro anunciando sua chegada, apenas o grito de Lenora. Seu último esforço para expulsar o corpo pequenino de dentro de si. E nada mais. Pelo silêncio eu soube que algo estava errado.

A confirmação veio logo em seguida. A parteira, senhora de idade que trouxera muitas crianças ao mundo, inclusive a mim, olhou-me com pesar ao sair do aposento.

— Sinto muito, senhor.

— A criança... — A essa pergunta não dei final, e ela apenas negou com a cabeça.

Então eu soube. O anjo da morte pairava sobre a residência e fizera tão inocente vítima. Quando adentrei não houve choro ou lamúria. O que mais deveria esperar? Em seu leito, Lenora sorria.

Ah! Que maravilhoso sorriso. Tão plácido e límpido. Os olhos presos ao bebê em seus braços. Havia tanta ternura. Percebendo minha presença, estendeu-me a mão. Vacilei. Será que eu fora terrivelmente enganado? Afinal, havia vida ali?

Mas o silêncio me dizia que não. Não houvera engano algum.

E era tão frio esse tão pequeno ser que acabara de entrar no mundo, ao qual Lenora se agarrava como um náufrago a uma boia.

— Olha quão belo és o nosso pequeno — ela disse assim que me aproximei.

— Sim, és belo. Uma lástima tê-lo perdido para os braços gélidos da morte. Prepararei o funeral.

— Funeral? Quem morreu?

A pergunta ficou a pairar no ar. Será que ela não via? Não sentia a pele antes tenra já enrijecida pela falta de vida? Era loucura, só podia. Talvez eu não tivesse entendido bem o que ela dissera.

— Como assim, minha querida? Não vês?

— Ah, meu amado, tudo que vejo é este pequeno milagre. Como o batizaremos?

— Dê-me ele. Chamarei o padre.

Estendi os braços em vão. Lenora apertou ainda mais o natimorto ao peito. Recusava-se a soltá-lo. Sussurrou então que ninguém lhe faria mal. Que deveria chamá-lo de Serafim, pois se assemelhava a um anjo.

Começou a cantarolar. A cantiga embalava o sono do pequeno. Sono este que seria eterno.

Dia e noite ela se mantinha ali, com ele. Já não se alimentava direito e cantarolava sempre. Tinha perdido o visco.

A pele repuxada sobre os ossos. E aquele de quem ela tanto tomava conta já se encontrava em estado lastimável. A palidez mortuária dera lugar a nódoas arroxeadas.

O odor forte tomava o lugar. Ninguém se atrevia a chegar perto dos aposentos. Eu mesmo já não entrava mais. Era horrendo demais.

O incenso se fundia ao cheiro pútrido. Uma mistura de cidreira e lavanda que mantinha os insetos longe. E eles vinham aos montes, guiados pelo fedor de morte e decomposição. Lenora não se incomodava, não percebia.

— Chama o padre, vamos dar-lhe o batismo. Nenhuma criança deve crescer pagã — ela disse de repente.

Pensei eu que talvez um homem santo pudesse pôr algum juízo na pobre cabeça perturbada. Com certeza ele conseguiria, com a honra e a graça de Deus, sepultar de vez aquele pequeno e dar-lhe o descanso eterno.

Assim o procurei. Senti medo ao pisar na casa de Deus. Será que Ele me puniria e me condenaria a uma eternidade de dor e sofrimento só por ter sido fraco e ter deixado a situação estender-se por mais tempo do que deveria? Pensamentos são como labirintos, e eu me perdia nos meus, devaneios estes cortados pela voz forte e acolhedora.

— A que devo a honra de tua visita, meu filho? O pequeno já veio ao mundo?

— Vim lhe pedir que intercedas por minha família. Minha esposa está perdendo a razão. Há dias se agarra ao natimorto.

— Abominação! — O padre tinha razão. — É um sacrilégio sem tamanho.

— Oh, padre! O senhor és minha última esperança. Lenora está fora de si. Não vê a atrocidade dos próprios atos. Acredita mesmo que o bebê vive. E que chora!

— Deves sepultá-lo. Não há escolha — disse-me o homem.

Estava rígido e consternado com a situação.

— É tudo que peço. Ela acreditará que será batizado. Só assim se desprenderá do corpo.

— Então que assim seja. Que Deus os perdoe pelo sacrilégio cometido. Eu, como servo devotado, posso apenas cumprir o sepultamento e rezar por essa pobre alma condenada.

— Não peço mais que isso, padre!

Estava tudo acertado. Serafim seria sepultado. Aquele horror findaria.

E, quando a hora chegou, houve fúria, tão incontrolável que parecia possuí-la algum espírito ruim. O esquife selado não permitia contemplarmos o pequeno. Eram parcas as testemunhas de tal pecado. Tão melhor fosse.

Lenora bradava impropérios. Chorava, gritava.

— Não o ouves chorar? Tens que parar. Ouve seu lamento! — Ela se debatia em meus braços. Tentava segurá-la de forma gentil. — Pelo amor de Deus, não o enterres vivo. Ele está vivo!

Permanecia convicta de que ele chorava. Que nós, eu e o padre, éramos monstros a enterrar seu pequeno milagre. Proferiu palavras indizíveis ao santo homem. Quanto a mim, não me olhava nos olhos.

— Que Deus os amaldiçoe.

Foram as últimas palavras proferidas. Lenora se calou e permaneceu os dias muda. Olhava-me com raiva, e era tudo. Não respondia minhas perguntas. Não me hostilizava. Nada.

Eu sabia que ela estava à beira de um colapso. Sabia que deveria fazer alguma coisa. Não queria perdê-la, mas Lenora havia sepultado a própria alma naquele dia no cemitério.

A verdade era como uma faca afiada entrando nas carnes e dilacerando a ilusão. Acabando com aquela que nos confortava e nos mantinha sãos. Percebi que estava perdendo-a, porém a loucura veio como um espectro negro tentando confortar-nos dos horrores da vida e da morte. Há muito que a sanidade deixara Lenora sozinha. Ela se balançava, como que a embalar o sono de alguém. Sussurrava coisas incompreensíveis.

O anjo da morte pairava novamente em minha casa, morada profanada pelo ódio e desilusão. Que mau agouro recaíra sobre mim? Que pecado havia cometido para ser tão severamente punido?

E minha amada, tão bela, deixava-me. Da lâmina fria fez seu último suspiro. Sua última reação foi romper a carne. O espírito escoava. Deixava um rastro rubro e silencioso. E, mesmo tentando conter seu avanço lento, o sono da morte chegou.

Que os anjos fossem misericordiosos. Pois choraria, e choraria agora, ou nunca mais! E diante do sepulcro me curvava a ela.

Ali jazia meu grande amor, Lenora. Aqui também jazia sangue do meu sangue, carne de minha carne. Ambos caminhavam no vale encantado, repousavam no sono eterno e esperavam por mim.

MORPHINE EPIPHANY

Morphine Epiphany é formada em Produção de Música Eletrônica. Ficou em primeiro lugar no Japan Haicai em 2015 e em terceiro lugar no I Prêmio FLIBO. Participou das seguintes revistas literárias: "Avessa", "Subversa", "LiteraLivre", "Criticartes", "Horus Cultuliterarte", "Bacanal" e "Diversifica". Finalista nos seguintes concursos: I concurso de micropoesía "Palabra tras palavra", I concurso de poesía "El color del invierno" e I concurso de micronarrativa "Mirando hacia delante". Participa das antologias "Vampiro – Um Livro Colaborativo" e "O Mundo Fantástico de R.F.Lucchetti".

Publicou seu livro de poemas, ''Distorções'', em 2015.

FACEBOOK:

https://www.fb.me/cristiane.v.defarias

INSTAGRAM:

@morphine_epiphany

Morphine Epiphany se inspirou no conto *"Ligeia"*, publicado em 1838, revisado em 1840 e 1845.

Permiti-me apenas dizer que no abandono mais do que feminino de Ligéia a um amor, ai de mim! Inteiramente imerecido, concedido a quem era de todo indigno, eu afinal reconheci o princípio de sua saudade, com um desejo, tão avidamente selvagem, da vida que agora lhe fugia com tal rapidez.

"Ligeia", Edgar Allan Poe.

AS SOLITÁRIAS FENDAS DA MORTE

MORPHINE EPIPHANY

Victor observava a fumaça do café desvanecendo como milhares de ilusões contorcendo-se no tempo. Entre a névoa e a negra pintura do café, a figura de um arrebatador olho parecia se movimentar dentro da xícara. Tinha o mesmo tom de castanho, o tamanho similar e a mesma sombra magnética dos olhos de sua amada.

Absorto por aquela imagem, só retornou à realidade no início de tarde, no café da esquina, quando a voz de uma jovem conversando com as amigas na mesa ao lado tomou conta de seus devaneios.

De forma abrupta, Victor encarou a moça. Enormes olhos de um verde totalmente felino se materializaram. Ele necessitava observá-los de todos os ângulos. Tentou iniciar uma conversa.

— Com licença, minha jovem. Meu nome é Victor e sou fotógrafo.

— Fotógrafo profissional?

Tentando recuperar o domínio das palavras em sua boca, ele respondeu:

— S... sim.

— E qual a sua especialidade?

— Olhos.

A jovem ficou intrigada com a especialidade do fotógrafo e queria saber mais a respeito desse fascínio. O interrogatório continuou, apesar das respostas evasivas de Victor. Ele ansiava fotografar aqueles olhos. Um pouco incomodado com as inúmeras perguntas da jovem Laura, ele a surpreendeu com um convite:

— Eu adoraria fotografar os seus olhos. Você gostaria de ser minha modelo por um dia?

No auge de sua ambição, Laura aceitou o convite e ambos seguiram para o estúdio de Victor.

O pequeno estúdio de Victor se localizava em uma casa na Rua Rebos. A residência era afastada do comércio e as únicas casas vizinhas estavam completamente vazias. O derradeiro e aguçado radar de sensações de sua espinha se confundia num misto absoluto de temor e entusiasmo. E, nesse caso, Laura deixou o entusiasmo vencer o jogo.

Todo o seu deslumbramento se tornou uma chuva dominada pelas cinzas quando Victor abriu a porta do estúdio. As janelas eram cobertas por pedaços de madeira improvisadas, o sombrio reinava em cada teia tecida pelas paredes. Não havia sensação de vida. Uma espécie de condição sufocante energizava o quarto com fragmentos de asfixia.

O último baque da porta deixou o ambiente ainda mais claustrofóbico e o horror aos poucos foi retirando o brilho daquele felino olhar. Victor conseguiu o *close-up* orgânico banhado de medo. E, minutos depois, o olhar demonstrava o vácuo da humanidade. O felino açoitado pelas lentes das trevas.

Ele carregava a bandeja a passos lentos enquanto cantarolava uma música. O corredor era curto, e logo Victor se deparou com uma porta de madeira antiga sem chave, sem maçaneta. Ele apenas empurrou a porta com os ombros e forçou sua entrada num minúsculo quarto.

Mergulhada num oceano de trevas, uma figura imóvel na cadeira aguardava o fotógrafo.

— Eu trouxe um presente, meu amor.

Nenhum movimento ou resposta o deixavam mais agitado.

— Minha querida Ligéia! É um par precioso e que me lembra o tamanho dos seus. Irão se encaixar com toda a perfeição do universo na sua alma e, novamente, você me mostrará o brilho que eu conheci.

Victor retirou a tampa que cobria a bandeja na qual um par felino de olhos verdes beijados por um vivo escarlate repousavam.

Eles ainda mantinham a agonia de maneira ávida em suas pupilas.

— Amada Ligéia! Aceite os portais de todas as sensações do universo.

Ela fora a primeira musa de Victor. As fotografias se iniciaram como um *hobby*, mas, ao conhecer os penetrantes olhos de Ligéia, ele abraçara as cordas de uma obsessão fervorosa. Os enquadramentos se fecharam com o tempo, feito uma adoração aos olhos dela.

Agitava-se com a perseguição de ambos, enxergava os olhos intensos num brilho demoníaco durante o sono. Victor adorava o rosto, as formas dela, e tinha uma breve paixão por seus cabelos longos da cor da terra. Mas os olhos eram a sua religião. Contemplava cada milímetro e nuance de tonalidade.

Devotamente arrebatado pela mulher, já não conseguia ter noites libertas de imagens. Ela consumia os segundos de seus pensamentos e toda a sua vida imergia na hipnótica fenda de uma incontrolável energia.

Victor não compreendia a natureza do controle que aquela mulher possuía sobre o seu espírito. Pensara em fugir para um novo continente sem oportunidades de reencontro, porém os olhos retornavam feito cordas que o atavam ao calor de Ligéia.

No fim do inverno, ele decidira redescobrir a liberdade e evitara olhar para a mulher. Enquanto seus pés obedeciam o convite da rua, os olhos a encararam com um desejo de consolo.

Os misteriosos ímãs de Ligéia o tragaram para o interior da casa. Victor fizera novas tentativas de fuga, mas uma névoa enegrecida o puxava novamente. Ele a atacara, pronunciara inúmeras palavras ácidas e, com um golpe, derrubara a amada. Vira o escorrer do sangue no móvel, a palidez surgindo feito afiados dedos. Sua amada era uma imitação de anjo de pedra. A única coisa que não mudara no ósculo das sombras eram os arregalados olhos.

Nada fazia com que a culpa deixasse de persegui-lo em forma de olhos. Jamais suportaria ver um brilho patético de portais mortos. Então, com os assassinos delírios percorrendo seus dedos, arrancara ambos. Não havia olhos. Não poderiam culpá-lo mais. Eram horrendas lacunas que serviriam de moradia para a maldição dos vermes.

Durante os últimos meses, ele fotografou diversas mulheres em busca do repouso de Ligéia. Os buracos surgiam em pesadelos, e ele deveria preenchê-los. Muitos foram celestes, inúmeros olhos de corvos, alguns lembravam a natureza e outros refletiam conforto.

As fendas não se fechavam, nenhum par de olhos servia ou combinava com o formato de sua musa. Ele sufocou metade das modelos e a outra parcela foi decapitada. Ligéia não dormia e estava cansada de esperar pelas peças fundamentais de seu espectro.

Círculos de trevas despontaram e aprisionaram Victor. O fantasma da mulher agarrou o pescoço dele, penetrou o olhar em seus olhos e os sugou freneticamente. Ligéia finalmente encontrou os perfeitos olhos e, num impulso de alforria fantasmagórica, soltou o amado nas brechas solitárias da morte.

MACRO FOCUSING AUTO ZOOM
70 10MM 1:35
VMC
HANIEL

NATANAEL OTÁVIO

Natanael Otávio nasceu em Bastos, SP. É formado em Letras e pós-graduado em Literatura e Ensino. Autor dos livros "O investigador Dalton Lobo Em: O Caso Rico e Outros Mistérios", 2019; "Pedaços do Mundo Rasgado: Alanis D. e o Esmerilhão", 2017; e "Reconstruções", 2016. Ficou em primeiro lugar no Prêmio Nacional de Artes da Estância Turística de Tupã – VI Festival de Literatura –, troféu "Dr. Alcione Alcântara Gonçalves" em 2017. Recebeu o troféu "Benjamin Resende" em 2018 na categoria literatura. Participa das antologias "A Sociedade dos Corvos", 2017, e "A Sociedade dos Poetas Vivos", 2018. Participou de diversas antologias, entre elas "Espada & Feitiçaria 2", 2018; "O Mundo Fantástico de R. F. Lucchetti", 2018; "Tabu", 2017; "Coleção Artífices da Poesia", 2016; "O Corvo: Um Livro Colaborativo", 2015; "Natal do Castelo Literário – Crônicas e Poesias", 2015; VI e VII CLIPP (Concurso Literário de Presidente Prudente, 2012 e 2013) e "Anno Domini: Manuscritos Medievais – Volume 2", 2011. Tem textos publicados em revistas literárias como "Subversa" e "Avessa". Integra o grupo literário "Clube dos Cinco"; o grupo de sarau "Semeando Poesias" e os grupos de escritores e ilustradores "Sociedade dos Corvos" e "Sociedade dos Poetas Vivos".

Natanael Otávio se inspirou no conto *"The Tell-Tale Heart"*, publicado em 1843 e revisado em 1845.

Agora eu ouvia um som. Baixo, rápido, monótono como o de um relógio abafado em algodão. Eu sabia: era o coração do velho.

"O Coração Denunciador", Edgar Allan Poe.

OUÇO UM CORAÇÃO BATENDO NO PORÃO

Natanael Otávio

Uma vaga de emprego

Jack Wolf estava em uma barbearia. Enquanto aguardava ser atendido, leu nos classificados de um jornal: "Precisa-se de enfermeiro para cuidar de idoso doente". *Isso é ótimo!*, pensou. Alegrou-se com a oportunidade de trabalho — em sua área de formação. Nem esperou para cortar o cabelo, dirigiu-se no mesmo instante ao endereço indicado no anúncio. Algo lhe dizia que dessa vez não seria como as outras tantas tentativas frustradas, que o emprego seria seu.

É aqui. Jack leu na plaquinha: "Escritório de Advocacia – Doutor Anthony Williams". Ele atendia em sua residência, uma casa enorme, muito antiga, necessitando de uma boa reforma. Tocou a campainha. Minutos depois, uma bela jovem lhe atendeu e o conduziu até a sala do advogado — era a secretária dele.

— Em que posso ajudá-lo? — perguntou o doutor.

— Vim pelo anúncio de emprego. Sou enfermeiro formado.

— Desculpe-me, mas já encontramos alguém.

Ele está mentindo. Jack era bom em ler as expressões na face das pessoas. *Mas por quê? E a voz que dizia que o emprego seria meu? Será que era apenas a minha própria esperança de encontrar um empregador diferente dessa vez?* Não era a primeira pessoa que lhe dava semelhante resposta.

— Desculpe-me a franqueza, doutor Williams, mas o senhor está mentindo.

— Se é assim, também lhe serei franco: o senhor não tem o perfil de que necessito.

Essa era outra desculpa que ouvia com frequência. Ele sempre baixava a cabeça e a engolia, entristecido. Só que dessa vez seria diferente, Jack encontrou uma força outrora oculta em si.

— Sou um excelente enfermeiro, doutor Williams. Fui o melhor aluno da graduação. Porém, não consigo emprego em lugar algum — argumentou, fitando o advogado nos olhos. — As pessoas duvidam da capacidade dos anões, mas eu lhe garanto que posso perfeitamente dar conta do serviço.

— Deixe-me explicar: não é nada contra o senhor, também não duvido da sua capacidade intelectual, mas, nesse caso, alguém maior e mais forte seria mesmo o ideal para cuidar de papai. O velho é alto e está acima do peso. Depois do derrame, perdeu os movimentos das pernas e parcialmente os das mãos, de forma que necessita de ajuda não só para tomar os medicamentos como também para as necessidades mais básicas.

— Nesse caso, por que não fazemos um teste? Um mês cuidando de seu pai, se o doutor não gostar do meu serviço pode me demitir e não precisa me pagar salário algum.

— O senhor não desiste mesmo! Está bem. Aceito a sua proposta. O enfermeiro que contratei antes irá se mudar em breve, hoje vou acertar tudo com ele e amanhã o senhor começa. Esteja aqui bem cedo, vou levá-lo à casa que aluguei para o velho.

— Seu pai não mora aqui?!

— Morava, mas ele e minha esposa não se relacionam muito bem, o que piorou com a doença. Ele ficava toda hora gritando e xingando, brigando com ela ou com os netos, o velho é muito ranzinza, foi melhor para todos ele se mudar. Não me olhe com ar de reprovação, pois minha esposa queria que eu o colocasse em um asilo, mas decidi alugar uma casinha e contratar alguém capacitado para cuidar dele.

— Não aprovo nem desaprovo. Só perguntei porque achei estranho, mas não é de meu feitio me meter em assuntos de família. Nem nos que me dizem, nem nos que ouço ou descubro sem querer. Mas posso aconselhá-lo sobre outra coisa, tome cuidado para os cupins não devorarem esta mansão.

— Do que o senhor está falando?!

— O doutor não os vê, mas se prestasse atenção poderia ouvi-los devorando os caibros, as vigas, o assoalho, estão por toda parte. — Fitou os olhos do doutor. — Dizem que esses insetos trazem maus presságios.

— Não os ouço mesmo. Como também não creio nessas histórias de maus presságios.

— É que eu ouço muito bem. E se não acredita nessas histórias, mesmo assim o aconselho a chamar um bom dedetizador. Para não perder a propriedade.

— Besteira! Não há cupins nesta casa.

— Então também não haveria baratas atrás dos quadros... Doutor Willians, o barulho que elas fazem não o incomodam?

O advogado retirou um dos quadros que ornavam as paredes do escritório e constatou que o anão tinha razão, estava cheio de baratas atrás dele. Com o susto que levou, atirou o quadro ao chão.

— Enfermeiro Jack, daqui a pouco o senhor vai me dizer que tem ratos em minha casa.

— Apenas um casal. No porão.

— Você é um brincalhão. — Jack Wolf balançou a cabeça em sinal negativo. — É sério isso? Pode ouvir um casal de ratos no porão? — Jack Wolf balançou a cabeça, dizendo que sim. — Nunca conheci ninguém como o senhor.

— Nem eu, doutor. Nem eu.

O VELHO ACAMADO

O velho John Williams era realmente muito alto, assim como dissera o filho. Jack não disse nada na ocasião, mas se sentia desconfortável perto de pessoas assim. *Não acho justo que exista um ser tão alto como este senhor e outro tão pequeno como eu*, refletiu.

— Anthony está de brincadeira, mandou um anão para cuidar de mim — debochou o velho. — Será que aquele sacana quer que eu morra? Não seria melhor ter me mandado para um asilo? — refletiu em voz alta.

Jack engoliu em seco. Respirou profundamente.

— Sou forte o bastante para dar conta do serviço, senhor Williams. O seu filho poderia, sim, ter o mandado para um asilo, mas preferiu que eu cuidasse de você, e é o que vou fazer.

— Tudo bem, anão, na situação em que me encontro não posso esperar pelo melhor mesmo.

— Discordo, o senhor poderia estar naquela mansão cheia de pragas e mofo, discutindo com nora e ralhando com netos, mas está aqui, nesta casinha simpática e bem arejada. Reparei que tem um lago próximo, muitas árvores... Se seu filho o quer mesmo morto, errou em mandá-lo para cá. Aqui, a sua recuperação pode ser mais rápida.

— Recuperação... — O velho ficou esperançoso. — O anão acredita que posso me recuperar?

— Acredito que com muita fisioterapia e exercícios o senhor possa recuperar a maioria dos movimentos.

— Posso voltar a andar?

— Antes de vir para cá, pedi ao seu filho para me mostrar os seus exames, e confesso que não há nada que o impeça de tentar. A chance é grande, seu Williams.

Lágrimas começaram a rolar pela face do velho ranzinza.

— Quando podemos começar, anão?

— Quando o senhor me chamar pelo meu nome: Jack Wolf, ou simplesmente Jack.

— Tudo bem, Jack. Também não fique me chamando de senhor, me chame de John.

— Combinado. Então, John, podemos começar.

Convalescença

Passados seis meses de muita fisioterapia e exercícios no lago conduzidos pelo excelente enfermeiro Jack, com muita dificuldade por conta da diferença de peso e tamanho entre eles, porém com determinação sobrando e esforço de ambos, John Williams caminhava com o auxílio de uma bengala; o movimento das mãos estava quase cem por cento, e ele havia emagrecido consideravelmente.

No entanto, nas poucas vezes que o filho ia o visitar, o velho fingia não ter melhorado. Ele explicou para Jack que, se Anthony o visse bem, dispensaria o serviço do enfermeiro e o privaria de sua amizade. Assim, o amigo também perderia o emprego, o que seria ruim para todos. Jack Wolf concordou, mas só por mais um tempo. Ele queria mostrar o progresso que fizera com o seu paciente e, discordando de John, acreditava que a família precisava vê-lo recuperado.

Passados nove meses, John Williams dispensara o auxílio da bengala e recuperara por completo os movimentos das mãos. Com muita insistência de Jack, o velho concordou em irem juntos à mansão. Todos ficaram admirados com a recuperação de

John, porém ninguém pareceu tão contente como o enfermeiro imaginara que ficariam.

— Bom, eu encerro meu trabalho por aqui — disse Jack —, o velho John não precisa mais dos meus cuidados.

— O senhor fez um trabalho surpreendente — comentou Anthony.

— Nós fizemos. O mérito é mais de seu pai. Agora, mudando de assunto, vejo que o doutor aceitou os meus conselhos e chamou um dedetizador.

— Sim. A casa estava realmente infestada de cupins e baratas, até mesmo a cama de madeira maciça tivemos de trocar, estava corroída.

John Williams chamou o filho para um canto:

— Filho, eu gostaria de continuar morando na casinha que me alugou.

— Ótimo, papai! — A notícia agradou o advogado. — Assim eu não preciso me preocupar com as desavenças entre Cindy e o senhor. Continuarei a pagar o aluguel da casinha.

O desaparecimento de Cindy Williams

— O que o enfermeiro Jack veio fazer aqui na casa do meu pai, o seu serviço já não havia terminado?

— Vim apenas visitar o meu amigo John. E o doutor, veio visitar seu amado pai? — perguntou o enfermeiro com sarcasmo.

— Procuro a minha esposa. Ela desapareceu desde ontem.

— Estranho procurá-la logo aqui, seu pai e ela não se dão.

— É que estou bastante aflito. Há algumas semanas, Cindy proibiu papai de ver os netos, então ele a ameaçou de morte. E, agora, ela desapareceu. Desconfio de sequestro ou coisa pior.

— O doutor foi à polícia?

— Ainda não. Se papai a tiver mesmo sequestrado, pense no escândalo que seria.

— Pelo que conheço do velho John, ele não faria mal à própria nora, mesmo com tantas desavenças entre eles. Se a ameaçou, foi por impulso.

— E onde está papai? Por que não está aqui?

— Não sei. Deve estar... — O enfermeiro ouviu algo que lhe chamou a atenção.

— O que foi?

— Tem alguém no porão.

— Essa casinha tem um porão?

— Sim. Descobri isso pouco depois que comecei a cuidar do velho John. A entrada fica no quarto do seu pai.

— E como sabe que tem alguém no porão?

— Ouço um coração batendo.

— O senhor e esse seu ouvido. Será que é a Cindy?

— Talvez.

— Se for, por que ela não grita?

— A pessoa que está lá dentro deve estar desmaiada ou amordaçada. Pode ser que não seja a sua esposa, e sim o seu pai.

— E se forem ambos?

— Então, sinto muito, doutor, mas um deles está morto.

— Depressa!

O advogado correu para o quarto, e com a ajuda do enfermeiro entrou no porão...

Anthony e Jack ficaram desesperados com a cena que viram: o velho com a cabeça cortada e ensanguentada e Cindy com golpes de faca e sangue por todo o corpo.

O crime revelado

John Williams, em depoimento à polícia, disse que dois encapuzados entraram em sua casa, que a nora estava desacordada nos braços de um deles enquanto o outro lhe deu uma pancada na cabeça com um pé de cama e ele desmaiou.

A polícia teria muito trabalho para descobrir os criminosos se não fosse a colaboração do astuto enfermeiro Jack. Quando todos se perguntavam quem poderia ter feito ou mandado fazer aquilo com a esposa do renomado advogado Anthony Williams, o anão se perguntava: *Por que fizeram daquela forma? Certamente queriam colocar a culpa no velho John. Montariam a cena do crime para o incriminar, talvez para parecer que ele a assassinou e depois se suicidou, mas fariam isso só mais tarde, após o doutor Williams dar queixa do sumiço da esposa, ou porque não pensaram como seria a melhor forma de incriminar o sogro da vítima, ou, até mesmo, porque o advogado chegou na casa antes dos criminosos terminarem o serviço. No entanto, quem seriam os dois encapuzados? Uma pancada com um pé de cama poderia ter matado o velho John, mas... Um pé de cama oco por dentro... Um golpe dado por uma mulher... É isso! Foram eles!*

Jack decidiu que ficaria de ouvidos atentos durante o velório de Cindy. Ele tinha um plano para pegar os assassinos. Já na mansão, enquanto a vítima era velada, o anão puxou a secretária do advogado, a senhorita Kelly, para um canto reservado e perguntou se ela sabia o que fora feito da antiga cama do doutor Williams, a que estava cheia de cupins. E percebeu que a moça se assustou com a pergunta. Arregalou os olhos e seu coração acelerou.

— Desculpe-me, não queria deixá-la assim.

— Tudo bem. — A secretária conseguiu se recompor. — Eu não sei o que foi feito da antiga cama do casal. É só isso?

— Mais uma pergunta: na primeira vez que estive aqui para a entrevista de emprego, foi a senhorita quem me atendeu e me conduziu à sala do doutor, mas antes disso, enquanto aguardava lá fora, ouvi uma conversa que, na ocasião e mesmo depois, por ser uma pessoa distinta, nunca comentei com ninguém...

— O que o senhor ouviu? — A senhorita Kelly voltou a se apavorar.

— O bastante. Eu sei que a senhorita e o doutor têm um caso. E Anthony conseguiu disfarçar quando cheguei na casa do velho John, mas sei que eram vocês os encapuzados. Ele segurava a esposa enquanto a senhorita atingia com o pé da cama a cabeça do meu amigo John. Vocês iriam colocar a culpa no velho. A senhorita saiu antes, mas Anthony ficou na casa para terminar o serviço e montar o cenário. Foi aí que cheguei. O plano de vocês ainda daria certo se eu não tivesse ouvido o som vindo do porão, o som do coração de John batendo. Pensaram que ele já estava morto, não é mesmo? Mas, como o pé da cama estava oco por causa dos cupins e a senhorita não tem muita força, a pancada não foi o suficiente para matá-lo. Estou certo, senhorita Kelly?

A moça ficou estática e muda. Momento em que Anthony os encontrou.

— O que está acontecendo? — perguntou o advogado.

— A senhorita Kelly me confirmou que são vocês os assassinos da senhora Williams — mentiu Jack.

— Por que fez isso, meu amor? Por que nos entregou?

— Eu... Eu não disse...

Dois policiais que estavam à paisana no velório e faziam parte do plano do enfermeiro Jack para prenderem os culpados surgiram ao sinal do anão e deram voz de prisão aos amantes.

— Obrigado, senhor Jack Wolf. Se não fosse pela sua inteligência, talvez esse crime não fosse revelado — disse um dos policiais.

— Concordo em partes, pois, se não fosse pela saúde de ferro do meu amigo John, que mesmo após a pancada na cabeça continuou com o coração batendo, eu não o teria ouvido, bem como ele mesmo não teria revelado o crime.

RAFAEL DANESIN

Rafael Danesin nasceu em 1992, é desenhista desde que se entende por gente e um amante da cultura *pop*, incluindo filmes, séries e HQs. Fã de literatura fantástica e de terror, participou de antologias literárias como autor e ilustrador. É desenhista da aventura original inspirada no universo de jogos de RPG de mesa, "As Aventuras de Argus & Galadil", e criador, ao lado do roteirista Jack Fernandes, de todo o design por trás desse universo fantástico.

Participou das antologias "A Sociedade dos Corvos", vencedora do Prêmio Brasil Entre Palavras na categoria de melhor livro de contos de 2017, "Vivendo na Terra do Nunca", "O Mundo Fantástico de R. F. Lucchetti", como autor e ilustrador, incluindo a arte da capa, "Canção das Profundezas", "Grimm – Contos para Sonhos Horripilantes", "Quando a Noite Cai" e do e-book "Cicatrizes da Alma".

Rafael Danesin se inspirou no conto *"The Masque of the Red Death"*, publicado em 1842 e revisado em 1845.

E então reconheceu-se a presença da Morte Rubra. Viera como um ladrão da noite. E um a um foram caindo os foliões pelas salas orvalhadas de sangue, e cada um morreu na mesma posição de desespero em que tombou ao chão. E a vida do relógio de ébano dissolveu-se junto com a vida do último dos dissolutos. E as chamas dos braseiros extinguiram-se. E o domínio ilimitado das Trevas, da Podridão e da Morte Rubra estendeu-se sobre tudo.

"A Máscara da Morte Rubra",
Edgar Allan Poe.

AS MIL VIDAS DE PRÓSPERO

Rafael Danesin

Venha querida (não tema o ceifador)
Querida pegue a minha mão (não tema o ceifador)
Seremos capazes de voar (não tema o ceifador)
"(Don't Fear) The Reaper", Blue Öyster Cult.

Ó, seres humanos ignóbeis e tolos que desconhecem a grandiosidade dos rumos da existência e não sabem os desígnios daquilo que comumente chamamos de destino. Seria o homem livre ou uma mera marionete ao sabor dos ventos da história? Eis que narrarei a minha, uma saga insólita e descabida, uma tragédia inevitável. Não me recordo de meu nome de batismo, pois muito tempo se passou. Posso dizer apenas que nasci e cresci cercado das mais caras maravilhas e presentes que se pode almejar quando criança. Ah, sim, fui um infante feliz e satisfeito, e nada posso contradizer.

Minha educação também foi muito estimada, tive os melhores mestres até a minha adolescência e próximo à famigerada maioridade. Ah! Quando se é jovem, aprende-se a ignorar tudo que lhe foi dito até então. E abneguei de boa parte dos estudos em prol da conquista da bela Helena, o amor de minha vida, que garanto que não foi nada fácil conquistar. E desconfio em dizer que teria perecido em agonia caso não o fizesse. Esse foi, ó, espectadores desprevenidos, o começo de minha tragédia. O que é o amor senão a prisão que o coloca em uma condição de subserviência e dependência cada vez mais constante da pessoa amada? E qual dor é maior do que aquela de ser separado de tal sentimento, por mais mesquinho que seja?

Tal é a natureza humana, e esta foi minha sina.

Casei-me com Helena e vivemos felizes bons anos em prazer etéreo e inebriante, regado a sorrisos, abraços e um carinho infindável. Amava sua tez alva, suas feições delicadas e seu gênio forte, desejava ardentemente viver ao seu lado até os últimos dias de minha vida.

Ah, quão tola é a mente do ser apaixonado!

Porém, é exatamente nesses momentos, em que a felicidade impera absoluta, que somos lembrados que a existência é efêmera como orvalho, e não somos nada além de pó.

Assim, uma terrível praga assolou os arredores de minhas terras e acabou por atingir minha amada. Os médicos tentaram de tudo, mas naqueles anos a ciência ainda era insípida e, como tal, ela não foi capaz de salvar a vida de meu amor.

E foi assim que perdi minha Helena.

Muitos dizem que o luto e a perda mudam um homem. Apesar das muitas condolências que recebi, que me diziam para prosseguir minha vida, minha alma estava fragmentada e aflita. Dia e noite pensava sobre o cruel ceifador que havia buscado a alma de minha amada. Voltei-me, então, para os livros antigos de minha grande biblioteca, livros de uma antiga ciência que operava segundo os princípios do ocultismo.

Ah! Quando a alma se está atormentada, não se conhece limites.

Fazemos coisas impensadas e obscenas até as últimas consequências, estremeço cada vez que me lembro do que fiz.

Por meses, estudei pergaminhos de religiões ancestrais, traçando riscos no chão e invocando feitiços obscuros de tempos imemoriais, evocando nomes de religiões esquecidas. E eis que, naquele fatídico dia, afinal consegui meu intento. Em meio às luzes bruxuleantes de velas, em meio àquele círculo profano, eu trouxe a morte para minha casa.

Austera e soturna, ela apareceu com suas vestes negras como a noite e a foice afiada prestes a arrancar minha alma torturada, seus dedos longos e afiados como garras clamando para se enterrarem em minha mente, os olhos sombrios ocultos sob o capuz espectral fitaram a criatura insignificante que sou.

Quem ousa chamar-me dos reinos abissais?

A mortal nenhum é dada minha presença,

Senão nas horas finais.

— Chamei-te aqui para responder por tua afronta! Tu levastes o amor de minha vida e me deixastes só!

Por acaso a fera tem culpa quando devora sua presa?

Todo ser tem sua hora, seus instantes finais

Não importa quanto demore

O tempo os levará aos seus lamentos terminais.

— Ora, leva-me então! Pois para a solidão não fui feito. Tu já arrancaste minha alma, pois bem, leva o que é teu de direito.

Nesse instante, rasguei minhas vestes, entregando-me ao ceifador, já sonhando com o momento em que reveria Helena e todos dos quais o mundo me afastou.

Porém, o que se seguiu foi apenas o silêncio sepulcral e agonizante. Podia jurar que estava ouvindo o ceifador a gargalhar, um riso frio e congelante que me torturava mais do que o fio afiado de sua navalha.

Ah, tolo mortal, por que pedes coisas tais?

Eis que por agora e sempre

Minha mão não há de te alcançar,
Anos passarão de sofrimento sem fim,
Assistirás ao mundo perecer,
Enquanto tua agonia prossegue, sim.
E até tua alma não compreender
Eis que permanecerás
No eterno viver.

E assim a morte se foi e suas palavras tétricas permaneceram em meu coração. E a profecia se cumpriu da maneira mais cruel possível, os anos se passaram e eu permaneci. Assisti às traças corroerem meus livros, vi reinos e impérios nascerem e florescerem. Casei-me com várias esposas, tive belos filhos, e de cada um desses entes queridos eu presenciei o fim. Até quando tal tortura iria continuar?

Por vezes, clamei no seio da noite para que o impiedoso arcanjo me livrasse daquele sofrer, contudo nada havia em resposta.

Eis que dentro de mim aos poucos foi surgindo um anseio e assisti, impassível, enquanto minha atitude de outrora mudava. Não mais tinha ódio pela vida, pelo contrário, apeguei-me aos prazeres terrenos, jogos, bebidas e mulheres. Os anos que vivi me renderam uma boa fortuna e meus vários nomes serviram ao seu propósito de construir grandes palácios suntuosos. No entanto, minha ousadia se tornava enorme. Estava cego pela vontade de querer viver e não percebia o quão longe estava indo.

Anos passei estudando feitiços e tomos ocultos com o intuito de descobrir algo para meu terrível objetivo. Eis que, por volta do século XVI, ordenei a edificação de mais um castelo e o cerquei secretamente com um círculo mágico de sal, azevinho e inscrições há muito esquecidas. Assim como eu, aquele lugar ficaria a salvo da morte, da praga e das doenças. Todos que ali entrassem viveriam para sempre, e eu não seria mais solitário na cruel sina que os homens tanto almejam sem saber o preço.

A sina da imortalidade.

E os séculos se arrastaram tal qual as engrenagens implacáveis de um relógio sem fim, trazendo com eles a finitude e os males aos quais a humanidade está destinada desde seu princípio. O mundo antigo desmoronou e dois vastos impérios ruíram, e de suas cinzas uma colcha de retalhos surgiu com vilarejos, aldeias e castelos espalhados entre si.

A Idade das Trevas.

Uma era onde o conhecimento era pecaminoso e a lei era ditada nos púlpitos das igrejas. E onde a morte vermelha imperava, uma praga implacável que deixava trilhas de corpos pelo caminho, e tal era sua quantidade que eles eram despejados em carroças ou queimados em valas, pois um simples toque era contagioso.

Naquela época, meu nome era próspero e minha fortuna me fez príncipe, em meu castelo não havia morte nem tristeza. O feitiço funcionava tal qual um vinho inebriante, prendendo os que lá residiam numa onda de prazer e contentamento. Não havia mais preocupação com o amanhã ou com mal algum. Não havia Deus ou demônio, nem leis para obedecer.

Tudo era permitido.

Ali, música alta preenchia o ambiente, casais suntuosamente vestidos rodopiavam numa dança que durava noites e jovens enamorados se entregavam à paixão sem pudores. Ah, quão maravilhoso aquilo era!

Meu rosto taciturno havia se convertido em risos, há muito esquecera das muitas vidas que perdera. Ah, havia ainda muito a se viver. Mas o destino, inexorável tal qual areia presa em ampulheta, um dia bateu à minha porta. Creio que a senti adentrar os portões de meu castelo pouco antes que ela o fizesse.

Aos poucos, os gritos começaram junto ao pânico e o

terror.

Os instrumentos cessaram sua melodia e as cores alegres foram substituídas por matizes lúgubres conforme aquele ser repugnante arrastava seus passos e seu manto negro esvoaçava, tal qual fantasma na escuridão. Eis que apanhei minha adaga, furioso, saindo de meus cômodos.

Acreditava mesmo eu que tivesse chance contra as forças que se opunham a mim?

Passando pelos salões coloridos de minha abadia, enfim cheguei ao grande salão e me deparei com a figura tétrica saída de um pesadelo. Suas vestes mortuárias estavam encharcadas de sangue, sua face era coberta por uma máscara escarlate que simulava uma face contorcida pelo *rigor mortis* de um cadáver minutos após a morte. Era a peste, a morte vermelha encarnada, uma afronta ao meu imperturbável reino de deleite que tanto lutara para criar. Eu sabia muito bem quem era a macabra figura e por isso estremeci quando a avistei ao longe.

Mas a fúria tratou de logo superar meus temores.

— Quem ousa? — gritei tão alto que todos os salões puderam ouvir. — Quem ousa nos insultar assim com essa zombaria blasfema? Agarre-o e o desmascarem de modo que saibamos quem haveremos de enforcar ao amanhecer!

Os convivas do baile de máscaras saltaram sobre a nefasta figura, mas ela se moveu rápido como o vento, e sua aura tenebrosa afastou qualquer corajoso que tivesse intenção de agarrá-la. Em minutos, a morte rubra estava diante de mim e disse com uma voz que há tempos não ouvia:

Chegou tua hora afinal, pequeno próspero.

— Não! Ainda não!

Realmente sabia eu o que estava dizendo? Tinha consciência, de fato, da inevitabilidade do destino? Talvez, mesmo o sabendo, minha alma se negava a aceitá-lo, ciente dos horrores que do outro lado me aguardavam. Dessa forma, fugi, corri pelos inúmeros cômodos de minha propriedade com a adaga na mão e lágrimas nos olhos, sentindo o hálito gelado de meu perseguidor cada vez mais próximo e seus versos obscenos a ecoar pelos corredores como uma marcha fúnebre:

Há tempos viveste, humano,

Tua alma já me pertence há muito tempo.

Eis que é chegado o momento,

Em que serás lembrado de tua mortalidade,

Da qual nunca deveria esquecer, jamais.

— Ainda há muito que viver! — disse, tomado de algo que não pude definir como coragem ou tolice, com adaga em punho prestes a enfrentar o ceifador.

Volte para mim,

Para o eterno descanso.

Não sofrerás tormento mais,

Para tua forma primordial retornarás,

O eterno repouso do sepulcro,

Não precisa mais fugir,

Nunca mais.

— Então é assim que termina. Helena, meu amor, em breve estaremos juntos.

Em um momento derradeiro, sorri, e a adaga em minha mão rapidamente encontrou o caminho para meu abdômen. Caí sobre o piso gelado, o sangue a desbravar caminhos sinuosos por entre os ladrilhos. Ouvi o relógio badalar, marcando meia-noite, e gritos de agonia tomando o ar enquanto, um a um, os convidados de meu baile perdiam a vida.

O feitiço havia sido quebrado e a morte vermelha, triunfado. Meu castelo se transmutou em ruínas, como de fato deveria ser caso não tivesse resistido às marés do tempo.

E lá eu jazia com sangue escorrendo de meu sorriso moribundo, a fitar a lua cheia e brilhante no céu, tal qual a foice afiada do ceifador, cuja ponta agora estava fincada em minh'alma.

RICARDO VENTURA

Ricardo Ventura nasceu na quietude do interior e vive na turbulência da grande São Paulo. Os quadrinhos abriram a porta da literatura durante a infância, e, desde então, vidas fantásticas permeiam a sua própria. Publicou em 2015 seu primeiro romance, "Sonho de Espelhos", uma homenagem ao encantador monstro de Mary Shelley e às visões paranoicas de Philip K. Dick. Encontrou nas antologias as razões de que precisava para "sair da gaveta" com maior frequência e está presente em diversas publicações, como "Vampiro: Um Livro Colaborativo", "Rio Vermelho" e "Viagens pelo Desconhecido".

Ricardo Ventura se inspirou no conto *"Berenice"*, publicado em 1835.

As realidades do mundo afetavam-me como visões, e nada mais do que isso, enquanto as loucas ideias da terra dos sonhos tornavam-se, por sua vez, não o material de minha existência cotidiana, mas minha própria existência em si.

"Berenice", Edgar Allan Poe.

EGEU

Ricardo Ventura

O contraste é fundamental para a percepção plena. Prezamos e compreendemos a importância de uma companhia agradável quando os tormentos da solidão nos são familiares. Sentimos alegria se conhecemos a tristeza com igual intensidade, do contrário nossas experiências são vagas ou reproduções dos sentimentos alheios. O canto do anjo se sobrepõe ao urro do demônio, os laços entre paraíso e inferno são mais estreitos do que ousamos admitir. O antagonismo é fundamental para a identificação plena, afinal heróis seriam imprestáveis sem vilões.

Distintos e dependentes são Berenice e Egeu, frequências opostas de um espectro doentio, polos que afirmam a realidade um do outro. Ele a originou e ela o alimentou, assim como o inverso também é verdadeiro. No papel de médico da família, acompanhei o crescimento e os caminhos que as personalidades dos primos guiaram, notei como as divergências realçavam as particularidades, mas jamais imaginei que o atrito quieto resultaria em escândalo. A vivacidade de Berenice e a reclusão de Egeu, embora díspares, tornavam a convivência pacífica. Não me recordo de discussões sequer enquanto crianças. Pergunto-me hoje quanto do silêncio o homem destinou à inveja.

Talvez ele buscasse nos volumes da biblioteca soluções para o mistério da sua natureza, ou sentisse culpa pelo parto desafortunado que ali ocorrera no início da sua existência e ao final da vida da mãe, entretanto encontrou na leitura o disfarce para o seu comportamento antissocial. Escondeu e se perdeu atrás das letras, o distanciamento em favor da imaginação condenou sua mocidade às sombras da mansão e agravou sua perturbação mental ao passo que Berenice reluzia e tomava para si as responsabilidades que negligenciava. Ela era bela, disposta e graciosa, triunfava nos quesitos que Egeu decepcionava, mas eu acreditava que agradecia a evidência da jovem, uma vez que concedia a ele oportunidade para se dedicar aos seus pensamentos. Amargou uma rivalidade ilusória que aos poucos se tornou ódio unilateral, pois atesto a inocência de Berenice e o juízo partido de Egeu, convicção que defendo por conhecer a família como ninguém vivo.

O fardo hereditário arruinou o futuro de ambos. Flui no sangue que compartilham uma doença estranha, uma suspensão regular da interação e da resposta a estímulos externos que se encerram como moluscos em suas conchas, passam longos períodos de passividade distantes de qualquer processo além de suas mentes. A cortina de repente baixa sobre a tragédia que encenam, e os espectadores aguardam o retorno ao palco enquanto os atores se ocupam com assuntos desconhecidos nos camarins particulares. Ela repousava durante esses episódios, exibia a placidez do falecimento natural, já ele se mantinha tenso horas a fio, a atenção imersa em objetos ou sons vulgares. Ignoro os pormenores do flagelo de complexidade inédita em meus estudos médicos, sou incapaz de descartar a hipótese de que o rapaz deteriorou a saúde da prima, de que é coautor de sua desgraça, utilizando-se de uma predisposição infeliz para reprimi-la.

Egeu queria privá-la de sua identidade e absorvê-la. Suponho que acompanhava os passeios de Berenice pelos arredores da mansão através de janelas turvas, cobiçava o aroma das colinas por onde ela caminhava, mas inspirava apenas o mofo nos cômodos da sua estagnação. Acredito que ele adotou alguma traição química, um veneno sutil que drenava sua força vital a fim de atá-la ao lar e aos seus próprios hábitos. Tal condição logo desvaneceu sua beleza e seu espírito, e a mulher, outrora radiante, tornou-se uma sombra desagradável de se olhar. Afinal, com um trapo inanimado ele competia de modo mais igual pelo domínio. A fim de assegurar o sepultamento da sua individualidade e deitá-la em um túmulo legal, o lunático ainda propôs o matrimônio como instrumento de dependência que a condenaria ao papel coadjuvante da união.

Apesar do êxito em mantê-la dentro da casa, Egeu se rendeu à insegurança ao notar que os dentes de Berenice resistiam intactos ao processo de decomposição artificial. A face decrépita se contorcia para revelar o sorriso que conservava o vigor original, o último traço reconhecível da jovem e o símbolo do seu fracasso. Não apenas superioridade moral, ele também enxergava potencial devoração nas trinta e duas unidades brancas e luzidias. Assombravam-no sem trégua os novos objetos da sua monomania e convertiam vítima em vampira, porquanto acreditava que ela triturava sua existência lenta e conscientemente para então assimilar, digerir e metabolizá-la. Sua salvação demandava a apropriação da única arma com que Berenice o afrontava.

Egeu mente, usa o nome da família e a própria doença como álibi em seus testemunhos. Parece-me conveniente que sua memória fraqueje justo nos momentos cruciais dos crimes, que ignore as horas que decorreram sujas em virtude de transes incapacitantes. Ele premeditou cada movimento como se em um jogo de xadrez contra um adversário íntimo. Furtou minha pequena caixa com instrumentos de cirurgia dentária, aguardou minha saída naquela manhã para comunicar a falsa morte de Berenice e a quietude da noite para remover seus dentes dentro da cova. O porquê cumpriu seu intento sem objeção de qualquer espécie é bastante simples: ele sempre esteve sozinho na mansão.

A angústia do pássaro solitário preso em uma gaiola demasiada grande se manifesta como autodepreciação cruel e imprevisível. Desconheço qual surgiu primeiro, mas um primo é a consequência do outro. Quando o foco de atenção paralisava Egeu, Berenice conduzia. Quando a enfermidade consumia Berenice, Egeu conduzia. São aspectos em confronto no interior de um só corpo, hóspedes indesejados que reclamam a administração da hospedaria. Eles são, ou melhor, estão na mesma pessoa. O homem compreendeu ou deduziu a verdade sobre sua situação e a utilizou como trunfo na disputa pelo trono da mente, entretanto, ela lhe trouxe ainda mais temores. Havia outras facetas ali escondidas? Seriam os criados as outras facetas ou meras fantasias? Seria ele uma mera fantasia ou o proprietário do corpo original? A paranoia vergou e enfim quebrou seu juízo.

Dispôs-se a se mutilar para feri-la, os dentes que arrancou de Berenice eram também os seus. A personalidade da mulher sentiu sozinha toda a dor, que seria insuportável ao indivíduo são, enquanto ele torturava a carne em que viviam sem hesitação. Fiquei aflito ao constatar tardiamente a ausência das minhas ferramentas, receava o que queria com elas o melancólico ou a moribunda, portanto regressei à mansão na noite fatídica apenas para encontrar Egeu mudo, coberto de lama e sangue. Questionei-o a respeito dos sinais de uma desgraça certa, apontei para a mácula em suas roupas e para a pá apoiada contra a parede, porém, como não abria a boca, tomei-o pela mão rumo ao hospital da faculdade de Medicina, e ele logo se desvencilhou a fim de revelar o conteúdo macabro da minha caixa. Então chorou, desvendou suas gengivas despojadas e gritou.

Repreendi Egeu com palavras severas para um paciente deveras frágil, contudo concordei em manter sigilo sobre a gravidade dos delírios. Tratei dos ferimentos e aumentei a frequência das visitas, esforcei-me como pude para evitar novos danos e ele me retribui com conspirações para me incriminar. O trauma de Berenice impede sua manifestação, ela prefere o limbo à possibilidade de contato com seu agressor. Refugia-se em um recôndito do cérebro que quiçá jamais deixará e, embora esclareça porque seu paradeiro é inacessível a mim, ele insiste na crença de que eu a escondo, de que minto acerca da sua localização para distanciá-los. Protesta contra minha desconfiança ao passo que me atormenta com tentativas atrozes de me coagir e associar ao desaparecimento da prima.

Ouvi pelos corredores da universidade boatos de que artigos para estudo estavam em falta. Colegas professores sussurravam coincidências lúgubres sob um pacto de silêncio, e acadêmicos insatisfeitos adaptavam metodologias de acordo com a crescente escassez de recursos. Desconhecia o desperdício da herança de Egeu em acordos com malfeitores. Ele tramava para que os jornais e a população se revoltassem contra a instituição, para que enfim suspeitassem do meu envolvimento na violação das sepulturas e, em sua demência, no suplício de Berenice. Reuniu uma corja que ao longo de meses roubou os dentes de todos os infelizes enterrados no cemitério, nem sequer um esqueleto restou completo. Seu ato abalou a reputação e os costumes da escola, entretanto, preservei minha integridade. Penso que se provaria benéfico se eu admitisse a culpa pelos crimes, uma vez que a derrota excita a perversidade do meu antigo amigo.

A tentativa seguinte para que eu confessasse o que desconhecia era uma questão lógica. A perturbação dos mortos foi insuficiente para chamar a atenção que desejava, mas, por fim, encurralou-me no centro de um tumulto de lágrimas, desesperança e acusações vãs. Vivíamos o luto por antecipação na faculdade, eu era incapaz de encarar os assentos vagos durante as poucas aulas que não suspendemos. Trinta e dois jovens com futuros promissores desapareceram, eram todos meus alunos. Sabia quem era o responsável, porém guardei o segredo. Quão dolorosas foram as palavras de pais preocupados e quão cretinas foram minhas palavras de conforto. Queria aniquilar o inseto que me roía como madeira, no entanto aniquilaria a chance de resgatar os reféns. Ele me enviava cartas, invadia os meus sonhos e rabiscava nos meus papéis sempre a mesma mensagem: "traga-me Berenice de volta". Como lidaria com um oponente que acompanhava minhas ações e lia minhas sentenças no momento em que as escrevia?

Concedi ao paciente odioso a última visita. Seu distúrbio exigia um tratamento terminante e minha incompetência médica já decepcionara muitos inocentes. Dirigi-me à mansão com um propósito claro, porém o pensamento transtornado ainda discutia a maneira de atingi-lo. Assim que abri o portão com meu molho de chaves e o assoalho denunciou meus passos, senti que as paredes despertavam na escuridão e gemiam o alerta de um cômodo a outro até a biblioteca, o covil do monstro. O estado da casa denotava anos de abandono, detritos e pó antes ocultos da minha visão se acumulavam. Conhecia as declarações distorcidas para Berenice que ele escreveu sobre os tecidos de roupas, colchas e toalhas, mas havia inscrições recentes nas portas. Construí uma prótese com seus dentes verdadeiros logo após a extração, imaginei a princípio, ao ler aquelas letras pintadas grosseiramente, que ele quebrara meu trabalho e distribuíra as peças de acordo nos aposentos classificados como incisivos, caninos, molares e pré-molares, entretanto dentes não suplicam por socorro. Uma hipótese intolerável emergiu com as recordações de um pesadelo, suspeitava de que guardara o segredo da família além do alcance da minha própria consciência. Enquanto assistia aos crimes que minhas mãos cometeram, uma vertigem súbita me tirou o equilíbrio e desabei contra a porta que sinalizava os incisivos. A fechadura obedeceu ao giro da chave e lá encontrei oito estudantes desnutridos.

— Por que faz isso conosco, professor? — um entre eles questionou.

Removi a dentadura, passei a língua nas gengivas nuas e permiti que Egeu respondesse:

— A infelicidade é múltipla.

Haniel Luiz

RODRIGO ORTIZ VINHOLO

Publicitário, jornalista, escritor e pessoa estranha, **Rodrigo Ortiz Vinholo** mora em São Paulo, SP. No mundo literário, é autor de "Você Está em Seu Quarto", 2014; "A 17ª Visita", 2016; "Dito Pelo Não Dito", 2017; "O Corpo", 2017; e "Sinônimo de Rancor", 2018. Sua obra mais recente é "Os Dias em que Rúbia Viveu no Futuro", 2019. Organizou ou participou da organização das antologias "Espaço Restrito"; "Simulacro & Simulação"; "Dos Mortos"; "Quando Eles Despertam", entre outras. Coleciona participações em antologias de diversas editoras e compartilha semanalmente todo tipo de texto no Facebook e em blogs pessoais.

Rodrigo Ortiz Vinholo se inspiro no conto *"King Pest"*, publicado em 1835. A obra havia sido publicada originalmente como *"King Pest the First"*.

Periodicamente, durante muitos anos antes e depois da época desta dramática estória, ressoava por toda a Inglaterra, e mais especialmente na metrópole, o espantoso grito de: "Peste!" A cidade estava em grande parte despovoada, e naqueles horríveis bairros das vizinhanças do Tâmisa, onde, entre aquelas vielas e becos escuros, estreitos e imundos, O Demônio da Peste tinha, como se dizia, seu berço, a Angústia, o Terror e a Superstição passeavam, como únicos senhores, à vontade.

"O Rei Peste", Edgar Allan Poe.

FILHOS DA PESTE

RODRIGO ORTIZ VINHOLO

A peste: se há ruína maior da condição humana enquanto seres de carne e osso, só as doenças do espírito, mente ou moral. Se bem que, dadas as condições certas, a primeira pode levar às outras facilmente, criando monstros.

Eu sei muito bem disso. Ainda que seja apenas um humilde boticário, meu negócio me coloca em constante contato com o pior do ser humano e, após o estranho caso do Rei Peste, posso dizer que me considero um especialista da natureza humana.

No mundo da minha profissão, quando não há cura para o que aflige o corpo, antes que a morte se espalhe, o isolamento se faz necessário. Curiosamente, a mesma solução pode ajudar as ruínas mais intangíveis por meio de basicamente os mesmos mecanismos.

Corria pela cidade a história de dois marinheiros que acidentalmente, invadindo um dos redutos da cidade, isolados por conta da peste, haviam se deparado com o fruto de todas essas desgraças, encarnado em um grupo em uma perturbadora festa. As múltiplas histórias sobre a dupla, por efeito dos boatos, fizeram-se contraditórias ao ponto de que mesmo sua existência havia se tornado incerta.

A maior parte dos relatos concordava que os dois encontraram um grupo que tentara estabelecer um sistema monárquico dentro do caos da peste, e que, do confronto descrito sempre em circunstâncias excessivamente estranhas, teriam escapado junto de duas mulheres da suposta nobreza, deixando para trás corpos e destruição.

Não bastasse o conceito fantástico de tal história, o que mais chamava a atenção dos ouvintes era, primeiro, a ameaça que os dois representavam, possivelmente espalhando a contaminação para uma área segura através de seus corpos e das nobres cativas. Em segundo, não se sabia o que havia acontecido com o líder do grupo, um homem que se autodeclarava "Rei Peste".

Frente ao perigo, as autoridades tiveram de se envolver no caso. Dos marinheiros, a principal suspeita é que deixaram a cidade na manhã seguinte, embarcando às primeiras luzes do dia. As mulheres teriam sido levadas com eles, se é que realmente existiam, mas ainda assim constavam nos avisos de suspeitos. Reforçaram publicamente, ainda, a necessidade de informar sobre qualquer indivíduo que os moradores suspeitassem pestilento, ou que tivesse qualquer ligação com os marinheiros ou o grupo.

Eu mesmo passei a receber visitas frequentes das autoridades, questionando se havia recebido alguém que apresentasse os sintomas característicos da doença, ou se sabia algo sobre o tal Rei Peste. Infelizmente — ou felizmente, dependendo do ponto de vista que assumirmos —, em nenhum dos casos consegui ajudar os policiais.

A admissão pública sobre o problema, é claro, logo contaminou o espírito de boa parte da cidade, trazendo toda sorte de cliente à minha loja. De maníacos que teimavam que haviam sido infectados àqueles que buscavam ervas e unguentos para se protegerem, meus dias se tornaram cheios. Eu sempre reforçava que não se conhecia ainda uma cura apropriada para a peste, e sempre atestava que nenhum dos sintomas que apresentavam em minha loja era correlato a esse tipo de infecção. Para muitos, é claro, não bastava minha palavra e, ou retornavam pouco tempo depois para novas soluções, ou procuravam meus colegas de profissão.

As ruas da cidade se tornaram vazias e os passos apressados. Reinava uma preocupação intensa, e as poucas pessoas que se viam carregavam um olhar assustado, sempre temendo a possibilidade de que a outra pessoa que encaravam pudesse estar infectada. Assim que em seguida começaram a aumentar os relatos de assassinatos, incêndios e roubos, eu não me surpreendi, pois sabia que tamanho envenenamento mental invariavelmente levava a outros tipos de ruínas comportamentais.

Minha surpresa, porém, foi quando recebi em minha loja um jovem elegante com olhos confiantes e bons dentes que tinha o posicionamento exatamente oposto de todos da cidade: ele era desejoso de contrair a peste. Julguei estar ouvindo uma troça, pedi educadamente que não sugerisse tamanho disparate, mas, depois de alguma insistência da parte dele, atestei que era verdade: ele estava disposto a sacrificar sua saúde e aparência com a desgraça da peste.

Incapaz de conceber o porquê de alguém querer tal coisa, desculpando-me pela invasão de privacidade, pedi que me explicasse. Estas foram suas palavras:

— Não ouviste falar do Rei, caro boticário? Não ouviste do homem que subverteu a ordem social, que encontrou liberdade para exercer autoridade sobre si e sobre o mundo puramente através da doença? Ele se tornou intocável, incontrolável, e não seriam a liberdade e a invulnerabilidade os mais nobres e desejados anseios do espírito humano? Quero para mim tal majestade, quero me tornar parte da nobreza da peste e obter para mim um respeito superior a qualquer outro que possa ser obtido com dinheiro ou outros caminhos do poder humano. Por isso, procuro o que tiver para me garantir a infecção. Pústulas?

Carne podre? Piolhos? Aceito o que puder me fornecer pelo preço que quiser cobrar.

Por algum tempo, fui incapaz de lhe dar qualquer resposta. Era a primeira vez que o ser pestilento dos rumores que assombravam a cidade havia sido elogiado e desejado. Era a primeira vez que alguém o tratava como um tipo de herói, ou objetivo de vida. Eu não conseguia acreditar. Mas, vendo a impaciência do jovem, tive de me recompor e educadamente explicar que, ainda que o dinheiro fosse inegavelmente atraente, eu não poderia ajudá-lo, já que, como havia mencionado, a medicina ainda era incapaz de curar a peste, então vendê-la iria contra todos os objetivos de minha profissão.

Ele pareceu um pouco decepcionado, mas me agradeceu pelo tempo e saiu, não sem antes reforçar, como um conselho de negócios, que eu procurasse me abastecer com a peste, pois a moda certamente geraria uma demanda para tal tipo de produto. Agradeci, confuso, e passei o resto do dia tentando entender a lógica por trás daquele desejo de infecção.

Nos próximos dias, porém, notei que o rapaz estava certo. Novas agitações começaram a despontar pela cidade e minha clientela preocupada foi substituída por pessoas de vários tipos e extratos sociais que buscavam a mesma coisa. A explicação era sempre a mesma, pois nunca deixei de perguntar: eles todos acreditavam que havia uma subversão na doença. No geral, comecei a entender que todos queriam fugir de suas normas sociais comuns, de suas responsabilidades, e enxergavam que o Rei Peste havia se tornado sua própria realeza supostamente através da praga.

Eu não podia denunciar qualquer um deles às autoridades, já que propriamente não havia crime, o que não impediu, claro, algumas altercações entre clientes e policiais. Esse relacionamento foi ainda mais dificultado quando foram se reforçando os boatos do próprio Rei Peste pela cidade. É preciso manter em mente, porém, que essas eram histórias tão contraditórias e sem fundamentos claros quanto os boatos iniciais e, até onde pude observar, nenhuma delas foi confirmada como factual. Mas era o suficiente para continuar a agitar os espíritos de todos da cidade.

Logo a polícia organizava uma perseguição sistemática a inúmeros festins regados a álcool que eram denominados "jantares da peste", uma vez que simulavam com o máximo de detalhe possível o suposto jantar do Rei e de sua nobreza contagiosa, em uma tentativa supersticiosa de que pudessem aproveitar as benesses que esperavam da doença. Claro que, quanto mais as autoridades perseguiam tal tipo de desordem, mais se sabiam de relatos, pela natureza com que as proibições popularizam o que se quer proibir.

Não direi que não tive algum lucro com toda essa história. Além das vendas que eu continuava fazendo para clientes comuns e para os que ainda sofriam com preocupações sobre a peste — essas tornadas ainda mais intensas por conta da histeria dos jantares, cujos efeitos supersticiosos tomavam até mesmo as mentes de quem não participava —, vários dos indivíduos aficionados pela doença passaram a procurar papoulas como acessórios para suas lapelas, chapéus e bolsos.

É claro que não escapava a nenhum dos habitantes a correlação dc tal flor com o sono, a paz e o sono da morte, então em algum momento ela passou a ser utilizada como um símbolo daqueles adoradores do Rei Peste, que passaram a se autodenominar "Filhos da Peste". Eu fornecia o que podia, mas a demanda era tão frequente que nunca era o suficiente, nem quando as ruas da cidade, agora outra vez movimentadas, estavam pontilhadas com o vermelho das flores.

Registros dessa época são confusos, já que a variação de excitação e histeria não dava brecha para o pensamento racional e isso se refletia em proclamações e boatos, mas posso dizer com segurança, agora, que não existiu qualquer infecção comprovada da peste no período. Nenhum de meus clientes foi infectado, nem mesmo de meus colegas. Quando surgia algum relato de infecção, ele logo se mostrava falso, tendo se espalhado por uma mistura de medo e esperança por diferentes indivíduos.

Eu realmente gostaria de dizer que mantive minha sanidade intacta durante esse período, mas não sou afeito a mentiras. Com visitas diárias dos Filhos da Peste em sua insistência por papoulas, bem como pela doença ou, na ausência dela, qualquer coisa que simulasse seus efeitos, passei a ver o grupo com certa afeição. Meu próprio espírito se contaminou com a alegria bizarra que nos meus clientes fazia seus olhos brilharem e suas faces avermelharem.

Nunca pensei propriamente em adquirir a peste, sabendo bem de seus efeitos no corpo, mas em mais de um momento de embriaguez me vi fascinado pelos grupos onipresentes nas tavernas da cidade que simulavam reuniões de uma realeza imaginária. Pareciam tão felizes! Era fantástica a existência e a liberdade de todos eles. Conforme a lucidez voltava ao meu corpo, com o passar do tempo, eu me envergonhava desses pensamentos, sabendo que essa tolerância poderia vir a trazer problemas severos à população e a mim mesmo. Tal adoração à doença, por qualquer motivo que fosse, era oposta a todos os juramentos que eu havia feito à humanidade.

Eis que, certa noite em que me encontrei na inóspita taberna conhecida como Alegre Marinheiro, vi-me conversando com um estranho que eu podia jurar que era o então lendário Rei Peste.

Aquele estabelecimento havia se tornado célebre por, de acordo com os boatos, ter sido o local de preferência para a bebedeira dos marinheiros que originaram a história que tomava o imaginário local, então me foi uma surpresa que eu parecesse ser o único, em meio a tantas festas dos Filhos da Peste, a notá-lo sentado próximo ao balcão.

Era descarnado e alto, emaciado, com rosto açafroado, com uma fronte insólita e horrivelmente elevada que tinha a aparência de uma boina ou coroa de carne acrescentada à cabeça. Ele vestia o que parecia ser uma mortalha negra, presa como uma capa por cima de suas roupas. Era exatamente como as histórias diziam, incluindo a boca enrugada e os olhos sem vida.

Talvez fosse minha própria embriaguez que tivesse me impedido de me horrorizar e fugir de tal horrível deformação e da possível chance de infecção, ou talvez fosse realmente algum interesse genuíno no homem e na história que, por muito tempo, eu teria dificuldade de admitir abertamente por puro orgulho, mas logo me vi puxando assunto com o estranho que bebia só e em silêncio, apenas com um sorriso discreto no rosto horrível.

Temendo assustá-lo com a revelação de meu conhecimento de sua identidade, tangenciei o assunto da maneira que pude:

— E então, caro senhor? Que pensas dessas festividades desses tais Filhos da Peste?

Ele se virou devagar para mim e o sorriso em seus lábios mudou. Até hoje não sei dizer se havia felicidade, vitória, desgosto ou raiva naquela expressão.

— Parecem-me uma boa diversão, mas sei que não vão durar — disse com a voz baixa mas firme.

— Não? — questionei sinceramente, confuso. — Pois a mim parece que encontraram uma liberdade única, jamais adquirida antes.

O homem que eu pensava ser o Rei Peste riu, sua risada foi alta e histérica, surpreendendo a mim e a todos ao redor. Os que festejavam, porém, sequer pareceram notar.

— Desculpe-me pela explosão, amigo — disse o Rei, retornando à voz baixa. — Mas é que tal ingenuidade de sua parte parece ainda maior que a desses adoradores de papoulas quando falas assim.

— Ora... — tentei falar um pouco contrariado, mas o

Rei Peste tocou meu ombro, interrompendo-me, e continuou sua dissertação:

— Por favor, não penses que quero insultá-lo com tais palavras. Permita-me explicar e pedir que revise suas premissas sobre a motivação de tais festejos: se qualquer um desses realmente adquirir a peste um dia, sabemos que eles não irão durar, e qualquer liberdade será momentânea, como qualquer liberdade e vida são, é claro, mas com ainda menos tempo. Eventualmente, as mortes ocorrerão às dezenas e centenas, até milhares, e os portadores de papoulas não mais viverão. Quem ainda existir com algum tanto de bom senso evitará seguir seus passos.

Meneei a cabeça positivamente, enquanto ele tomava mais um gole de sua bebida, e então ele continuou:

— Mas, se por acaso nenhum deles conseguir a doença e se valerem apenas de ideias e simulações para alcançar tal liberdade, essa logo se mostrará como é: embasada apenas em falsidade, portanto uma falsa liberdade. Serão como atores de teatro transformando-se apenas enquanto a peça existir, mas voltando a ser quem eram antes do cair das cortinas, e nesse momento qualquer sofrimento que possuem voltará a existir.

Eu estava impressionado. Tamanha lucidez não parecia possível para um homem tão estranho como aquele. Tive de concordar, naquele momento minhas próprias ilusões começaram a se desfazer.

— Ademais — continuou ele, agora em tom de troça —, eles erram o básico da concepção de realeza. Se todos forem parte da realeza, logo não haverá diferença alguma entre eles, eliminando a própria hierarquia que pretenderam construir.

O homem riu de forma escandalosa, e me vi acompanhando-o com um riso baixo. Aproveitando a ocasião, tive de fazer uma última pergunta:

— Desculpe-me a impertinência, senhor, mas quando o chamei para conversar, acreditei que fosse o Rei Peste, adorado por essa população de loucos. Quem és na verdade?

Ele meneou a cabeça de modo incerto, depois voltou a sorrir de maneira estranha.

— Já tive meus momentos de loucura, meu amigo, então já fui todo tipo de coisa. Agora que estou são, volto a ser o que sempre fui: um ator.

Com isso, ele deixou o dinheiro sobre a mesa, deu um tapinha em minhas costas e foi embora. Nunca mais o vi.

SERGIO MATTOS

Sergio Mattos é autor de histórias de horror e suspense. Dentre seus trabalhos, estão os contos “O Horóscopo”, “O vampiro do Leblon”, “O corpo que fala” e “A morte não se atrasa”. Também é autor de outros trabalhos lançados na Amazon, como os contos “O dia em que Gordon se foi” e “Zeus” e os livros “O Abismo” e “A sombra da loucura”.

FANPAGE:

https://www.fb.me/SergioMattosAutor

Sergio Mattos se inspirou no conto *"Morella"*,
publicado em 1835 e revisado em 1839.

"E então, hora após hora, eu me estendi a seu lado, imergindo-me na música de sua voz, até que, afinal, essa melodia se maculasse de terror; então caía uma sombra sobre minha alma, eu empalidecia, tremia internamente àqueles sons que não eram da terra. Assim a alegria subitamente se desvanecia no horror e o mais belo se transformava no mais hediondo, como o Hinnon se transformou em Geena.

"Morella", Edgar Allan Poe.

UM AMOR PARA MIRELA

Sergio Mattos

O amor é algo assustador. Assim como o ódio, faz pessoas fazerem loucuras com base em uma lógica irracional. Há uma aura de insanidade no amor, quem ama pode tornar-se extremamente perigoso quando se alimenta do próprio amor para compensar a ausência de outrem. É devorar a própria carne saboreando o corpo do outro.

Mesmo agora, diante de sua lápide, onde de suas feições nem o mais simples cheiro acre de podridão que se desprendia de suas carnes mortas e carcomidas se fez sentir, não consigo mensurar o quão são ainda estou, se de fato estou a gozar de plena sanidade. É como uma insônia severa, uma noite tornando-se várias noites, as horas indo e vindo em um jogo diabólico para me enlouquecer. Não sei se estou realmente acordado ou se de fato ainda estou a ter o pesadelo, o mesmo pesadelo que me assombra todas as noites, que faz meu corpo estremecer como se o mais frio metal rasgasse lentamente minha carne, dilacerando-me a vida, deixando um rastro de negrume e desespero sob as pálpebras titubeantes. Hei de estar de fato em um pesadelo? Ou, se estiver acordado, terei eu perdido a plenitude de minhas faculdades, tornando-me um objeto funesto à mercê dos mais vis pensamentos que me assombram como os seres negros que vêm me visitar, as sombras frias que dançam nas paredes bruxuleantes de minha solidão. O que é real? Seria essa a pergunta a se fazer para um louco?

Se hei de estar enfermo, que tenha sido de amor por aquela mulher. Por aquele rosto de brilho pálido e soturno, de beleza vaga e sombria, que agora parece estar por toda a parte, exceto no lugar onde deveria estar, onde o silêncio e o vazio coexistem nas trevas, onde nem sua voz grave e lúgubre se faz ouvir nas profundezas de minha mente.

O fogo-fátuo do céu que adormecia acima de minha cabeça era o único vestígio de Mirela, a mulher que me assombra dia e noite, a quem nunca devotei meu amor, mas que de seu amor me fez escravo, a quem minha alma pertence.

Diante do sepulcro silencioso onde jaz o cadáver de nosso amor, olho com pesar e com um sorriso melancólico o fim de nossa existência. Mirela profetizou que minha alma seria atormentada até o fim dos meus dias com seu amor, e eu jamais iria esquecer como eu a sufocava com minha indiferença, que surgiu quase que de maneira sobrenatural. Eu não a amava, admito com pesar. Mas não sabia o porquê. Havia um estranho vazio tortuoso entre nossas almas, Mirela era uma imensidão submersa em escuridão, e o brilho de minha alma a atraiu como uma vela acesa na noite mais negra.

Os pensamentos são como corvos sobrevoando a carniça, sinto um estranho alívio, o mal que se revolvia dentro de meu peito parou de escavar minha alma pouco a pouco, agora um vazio calmo permeia minhas entranhas. Tudo que vem à minha mente agora é Mirela, que jamais governou meus mais íntimos sonhos em vida, cuja carne agora já não existe, e que me aquece à noite quando de mim só tenho frio e amargor.

De nosso sepulcro de amor, que faz jus à nossa estranha relação, um fruto se gerou, como o fruto proibido das antigas escrituras e, com ela, a morte cavalgou para encontro de sua alma, Mirela me amaldiçoou em seu leito de morte com seus olhos aquosos e pálidos como leite, sua voz trêmula sumindo rapidamente nas profundezas da garganta. Fruto de um crime, sua alma padeceu para sempre em um suspiro breve, um pequeno tremor sob a pele e, como uma fênix, renasceu em outro corpo.

E dali em diante, meus dias foram intermináveis, os pesadelos começaram, vozes, passos no corredor, mãos frias acariciando meu corpo nas madrugadas, e tudo que vinha à minha mente era o rosto pálido de Mirela.

A máscara da morte tinha o rosto de mulher e vinha me atormentar dia e noite, e com o passar dos tempos não consigo precisar completamente se passaram vários anos ou não, vi o desenvolver de minha fênix desabrochando em flor com uma rapidez doentia, maturando suas feições e sua mentalidade. O espírito de Mirela parecia viver naquela criança que logo se formava uma mulher atraente a qualquer olho mortal com o rosto de Mirela. Aquela criança agora desfrutava de uma beleza soturna e estranhamente diabólica, o amor que a ela nutria como pai se fundia a uma sombra lodosa de escárnio, de amor inumano, imoral, sombrio.

Tudo que via à minha frente era aquele rosto, como se jamais tivesse morrido. Mirela tinha uma alma engrandecida, dotada de tamanha inteligência e conhecedora de práticas ocultas das quais sempre fui ignorante, mas que logo passou a me dominar completamente o espírito e a curiosidade. Mirela se afundava em cânticos e ritos antigos, palavras mortas e orações ancestrais.

Como se uma mão fria acariciasse meu coração, logo as noites se tornaram sombrias. Mirela se tornava mais silenciosa e minha fascinação por conhecer aquelas estranhas passagens perpetradas pela história naqueles velhos manuscritos se tornava uma obsessão, um desejo violento e sombrio que se alimentava de minha alma desgarrada, que vagava por trevas e degradação.

O que de afeição eu nutria por aquela mulher, tornava-se o contrário, desalento, rancor, uma sensação vaga de mágoa, de desânimo que eu mesmo não conseguia definir ou mensurar.

Mirela parecia que me sugava a vida quando eu me punha ao seu lado. Certa noite a flagrei entoando palavras mortas sob a luz bruxuleante da vela, em nosso quarto, havia uma sensação fria arrastando-se sobre minha pele, uma angústia sem fim se abriu em meu peito como se parte de minha carne se rompesse.

Seu corpo jazia sobre a cama, movendo-se doentiamente sob os lençóis em espasmos violentos, seus olhos reviravam, sua pele enrijecia como pedra, e sua voz outrora agradável soava como milhares de vozes vindas de um poço sem fim, vozes lamentosas e agourentas as quais jamais consegui compreender.

Na manhã seguinte, naquele frio de outono cinzento, Mirela veio a mim com seu silêncio opressor e vi sob a máscara viva de seu rosto surgir manchas avermelhadas que corriam a pele por baixo, uma sensação de repulsa surgia sobre minha alma.

O brilho baço de porcelana que recobria suas faces me dava náuseas, e havia um cheiro quase palpável e palatável de algo apodrecido que sempre surgia sorrateiro pelo ar quando Mirela aparecia que me nauseava e fazia os olhos lacrimejarem.

Mirela parecia não se importar, ria, mas seu sorriso já não tinha tantas forças, raso, fraco, desfalecendo. Ao cair da última folha desbotada de outono seu corpo pendeu sobre o leito sem forças, algo havia morrido dentro de mim, mesmo antes da morte de Mirela.

A filha que de nosso casamento foi concebida não tinha nome, mas com relutância e desejo dei o nome de Mirela, já que tudo nela lembrava a mulher que me amou a tal ponto de me odiar e me amaldiçoar para sempre a amar um corpo sem vida, a amar o que de fato ali já não existia.

Sob as camadas frias e pesadas de nuvens no céu, Mirela,

a minha filha, a quem meus pensamentos pertencem, foi batizada. Mas, como que por magia negra ou algum encanto diabólico que a possuía sob meus olhos, ela faleceu, assim como a mãe, os olhos negros brilharam intensamente segundos antes de a morte desbotar o rosto de Mirela.

Mesmo agora diante de sua lápide onde de suas feições nem o mais simples cheiro acre de podridão que se desprendia de suas carnes mortas e carcomidas se fez sentir, não consigo mensurar o quão são ainda estou e se de fato estou a gozar de plena sanidade. É como uma insônia severa, uma noite tornando-se várias noites, as horas indo e vindo em um jogo diabólico para me enlouquecer. Não sei se estou realmente acordado ou se de fato ainda estou a ter o pesadelo, o mesmo pesadelo que me assombra noite a após noite, que faz meu corpo estremecer como se o mais frio metal rasgasse lentamente minha carne, dilacerando-me a vida, deixando um rastro de negrume e desespero sob as pálpebras titubeantes. Hei de estar de fato em um pesadelo? Ou, se estiver acordado, terei eu perdido a plenitude de minhas faculdades, tornando-me um objeto funesto de minha loucura à mercê dos mais vis pensamentos que me assombram como sombras frias que dançam nas paredes bruxuleantes. O que é real? Seria essa a pergunta a se fazer para um louco?

Uma risada melancólica me escapou dos pulmões doloridos, o ar condensava sob as narinas. Talvez nunca tenha existido um corpo, Mirela poderia estar viva agora, sã e salva, dentro das dependências da propriedade, tudo não passara de teatro por ela orquestrado, mas é claro! Mirela era uma ilusão, mas ilusões não são feitas de carne e ossos, mas cadáveres sim, e ali diante da lápide de minha mulher não havia um fio de cabelo sequer.

W. F. ENDLICH

A escritora e pedagoga capixaba vive atualmente no interior paulista com a família. Tendo inicialmente publicando no Wattpad e com o retorno positivo de seus leitores, resolveu investir na escrita de maneira mais focada. Teve seu primeiro livro impresso em 2016, volume 1 da trilogia de fantasia "A Senhora do Caos – A Viajante e o Dragão". No ano de 2017, seu conto "A Vida Perfeita" foi publicado na antologia "A Sociedade dos Corvos" e "Coração de Dragão" na antologia "Era Uma Vez", sendo este último um conto *spin-off* de seu universo fantástico.

Trabalhou nos livros "Rio Vermelho" e "Daemonum Sigillum", mas se dedica atualmente no segundo volume de sua trilogia em todo o tempo livre que possui.

A autora tem verdadeiro fascínio por histórias fantásticas, gibis, livros e pelo mundo nerd e é jogadora assumida de RPG. Começou a escrever aos doze anos e, convicta, diz que os livros salvaram sua vida, tornaram-na uma adulta mais completa e possibilitaram que obtivesse sucesso em sua carreira profissional.

E-MAIL:

w.d.endlich@gmail.com

SITE:

www.asenhoradocaos.com.br

FACEBOOK:

"W. F. Endlich" e a sua página "A Senhora do Caos"

INSTAGRAM:

@w.f.endlich

W. F. Endlich se inspirou no conto *"The Murders in the Rue Morgue"*, publicado em 1841 e revisado em 1843.

Ficou, afinal, assentado que viveríamos juntos durante a minha permanência na cidade — e, como a minha situação financeira fosse melhor que a dele, coube-me a despesa de alugar e mobiliar, num estilo que estivesse de acordo com o caráter um tanto fantástico e taciturno de nosso temperamento, um velho e grotesco casarão, arruinado pelo tempo, havia muito desabitado, devido a superstições que não nos detivemos a averiguar.

"Assassinatos na Rua Morgue",
Edgar Allan Poe.

MISSIVAS PARA LONDRES

W. F. Endlich

Os fatos que se sucederam naquela mansão no subúrbio de St. Germain, nem eu ou quiçá meu amigo, um poeta e matemático convicto, voltamos a mencionar até o final de 1800. No mais recôndito de minha mente, desenvolvi a teoria de que o *seigneur* C. August Dupin havia tornado nítido o mistério e se decidido por manter-me na obscuridade, permitindo-me a emoção de conjecturar o âmago sobrenatural envolvendo os fatos que ora me ponho a narrar.

Filaucioso como só, às vezes levantava os olhos por baixo das lentes verdes. E eu os observava ainda que na penumbra absolto a encarar-me. Juro que ele sorria, ainda que apenas esboçando a congelada expressão enigmática.

Era um dia comum de reclusão e exílio voluntários, logo após a elucidação dos terríveis crimes da Rua Morgue. Um parêntese se faz necessário para o leitor, reiterando que nossa presença e endereço naquele assento era do mais absoluto sigilo. A casa em questão fora alugada com nosso expresso desejo de permanecer anônimos, muito embora sê-lo ao lado de meu estimado amigo era, para mim, algo um tanto quanto audaz.

Averiguação De Nossa Demanda

As potentes pancadas ouvidas na porta de entrada nos roubaram do estado em que dormitávamos alheios à hora. Acabrunhados, porém curiosos, entreolhamo-nos. Deduzi que Dupin conjecturava sobre atender ou não a demanda.

Vencido pela abelhudice, levantei-me para desvendar quem nos solicitava em nosso quase esconderijo. Uma cagalhota com um longo vestido negro de mangas longas e punho franzido. Estranhei o fato de tão mínimas mãos serem capazes de tamanho som nas batidas da porta. Trazia um véu de mesma cor da vestimenta, que lhe cobria a tez e despencava pelo dorso, concedendo-lhe uma aura mística. Nos cabelos abaixo do manto transparente, uma flor carmim destoando da imperscrutável aparência.

Por pouco convidando-se a entrar, sentou-se de frente para meu camarada, e ele retirou abruptamente as lentes verdes para examinar a cena que via, avaliando ser ou não do mundo material. Ao final de seu escrutínio, indagou:

— *Mademoiselle,* a que devo a honra dessa visita em nosso humilde lar?

— Ouvi que o senhor é um exímio investigador. Para tanto, desejo lhe contratar os préstimos para elucidar um assassinato.

— E o que me conta sobre tal atrocidade?

— O crime aconteceu nesta casa, e as pessoas em questão são aparentadas minhas. Não obstante ser ou não fato conhecido pelo *cavalier,* mas a cá foi uma pensão para transeuntes no evo passado. Diz-se a boca pequena, onde uma criança nasceu em dezembro, oito anos antes da virada do século. A mãe, além de proprietária do lugar, era conhecidamente uma sirigaita. Dava-se ao desfrute para acrescentar trocos às despesas da família, que se somavam doravante à presença do menino. Ao infeliz, atribuía-se o fato de ser fruto de um estupro cometido por um dos hóspedes. Após o assassínio de sua genitora, ainda na meninice, passado dos dez anos, ele foi adotado por uma abastada família londrina, formou-se médico e vive naquela cidade até os dias de hoje, reprimindo o transato, a desgraça e o nome de batismo, Jacques Aubert Charpentier.

— Mas se a senhora...

— Senhorita — corrigiu-me.

— A senhorita está de posse de informações precisas, por qual escopo lhe convém nossa serventia?

— Digamos... interessa-me o viés fundamentado que serviu como pretexto para o assassinato. Bem como ambiciono elucidar onde seu corpo foi encafuado, para que assim a pobre se franqueie de paz.

— Pressupõe o cadáver ábdito dessa vivenda? — Dupin voltou de seu devaneio.

— Estou certa que sim.

— E que ganhamos com a empreita? — Objetividade característica de sua pessoa.

— Há uma recompensa, no banco, para quem desvendar o assassinato, segundo reza o dito popular. Apenas levem consigo o envelope que encontrarem juntamente ao corpo e falem com o senhor Adolfo Le Bon. Certifico que terão acesso ao que lhes interessa desse horrípilo episódio. *Cavalier,* importa-se de me servir uma xícara de café?

Corei pela falta de modos e me pus em movimento a trazer-lhe uma bebida. Meu amigo continuou com a intrometida convidada. Todavia, posteriormente, garantiu-me que ela lhe indicara um livro de nossa biblioteca, e quando voltara a *mademoiselle* desaparecera. Não sei se é fato exposto por mim antes, mas muitos volumes foram recentemente por nós adquiridos junto à locação do imóvel, uma vez que apenas livros se encontravam jogados a cá antes de decorarmos o ambiente.

A Graveza De Fatos Idos

O estado de espírito de Dupin se renovou. Comumente não era dado a alvíssaras a um novo caso, mas esse era agora seu humor.

— Enfim um enigma à altura de uma mente como a minha. Teremos de rastrear na casa elementos que ainda resistam a essas décadas de abandono.

— Mas o que resistiria a quase meio século?

— Não o teria em alta conta se não o percebesse com um poder dedutivo além da média. Sei que nem se aproxima de minha capacidade, sobretudo ainda é um bom examinador.

Deveria me sentir ofendido com sua rudeza, mas o conhecia o suficiente para considerar aquilo como um elogio. Dupin não era dado a ser empedernido. Com a garantia de que qualquer reação minha seria inócua, aceitou elucidar.

— Informação, meu caro.

Partimos imediatamente para o arquivo central onde se guardavam os periódicos. Encontramos, da época mencionada, cinco notícias que resumirei para lhes poupar os inconvenientes que sofri pelas graçolas de meu comparsa.

A primeira, sem identificação de que edição se tratava, relatando o aparecimento de uma mulher esquartejada após sofrer atrocidades e ofensas à sua honra. Fora rasgada de maneira rudimentar e suas vísceras espalhadas pelo quarto onde oferecia serviços a homens que procuravam por aventuras momentâneas. Logo me explicou não ser esse episódio o mesmo do crime que procurávamos por haver um corpo, mas a data... a esse fato atenham suas atenções. Eu na ocasião não vi relação, mas era final de março do mesmo ano em que nossa misteriosa contratante citara em seu relato.

A segunda, notoriamente interessante para meu amigo, mas não em meu critério, era um recorte de ofertas e anúncios com o preço das hospedarias da região. Lá constatamos o nosso endereço como um dos mais baratos. Dupin separou cuidadosamente esse e me apontou o terceiro.

Uma parteira ou senhora com conhecimentos médicos era solicitada para tratar uma mulher adoentada. "Falar com o dono da botica", o contato do anúncio. Essa eu realmente não vim à claridade antes das minúcias expostas a mim posteriormente.

A quarta delas por acaso eu encontrei sem querer. Era um vendedor de livros científicos que passara pela região. Meu comentário apenas era por tratar-se de um feito muito corriqueiro para um periódico, mas meu companheiro arrancou o recorte de minha mão e exclamou alguma expressão inaudível para minha compreensão.

E logo abaixo dessa estava a quinta, sem delongas, que tratava do desaparecimento da irmã do boticário, mas não dito o fato de se ser a proprietária da hospedaria, conquanto o fato que se ateve a resmungar foi o de sequer citar a adoção do sobrinho pelo casal londrino. Saímos daquele amontoado de papéis velhos e meu nariz escorria, meus olhos remelados.

— Precisará passar na botica, não se preocupe — disse-me Dupin.

— Não atino como faz essa magia de adivinhar o que estou matutando.

— Não trato com adivinhações, apego-me apenas às evidências. E seus olhos não mentem à necessidade de lhe comprar uma solução para limpá-los.

Chegando no garçom, pedimos um produto para mim, mas a essa demanda Dupin acresceu uma boa e dispendiosa quantia de água oxigenada. Experimento de um conhecido,

Louis Jacques Thénard, numa reação de peróxido de bário com ácido nítrico, como esclareceu mais tarde para mim sobre sua utilidade no caso em questão. Enquanto eu pagava, Dupin prestava atenção ao nome do fundador do estabelecimento, pai do moçoilo que nos dava suporte.

Voltamos para a segurança de nosso lar, e eu me confessava um tanto temeroso. Dado como sempre a crer em ocultismo, pus-me a observar o comportamento de meu amigo C. August Dupin, constatando que o assunto lhe era rejuvenescedor. Eu era incapaz de entender os pormenores das conexões entre os fatos que descobrimos durante à tarde. Meu amigo zanzava pela casa resmungando coisas das quais eu entendia pouco.

— *Intéressant, la nature humaine*![3]

Ostentou o livro, edição de março, feliz pelo triunfo. Desenhos rudes e infantis feitos nas páginas de uma edição anterior ao exemplar noticiado no periódico. Eu, ainda assim, dificultei em entender a ligação.

— A malfadada mãe comprou um exemplar no nosso famoso vendedor de livros.

— Sim, percebi. Mas no que isso apoia nossa demanda?

— Pequeninos fatos perfazem uma grande verdade, mas precisamos ater nossa atenção ao que é relevante e não ao que nos é exposto às claras. Sabemos que a mulher foi morta, informação foi fato gerador de nossa contratação. Como a *mademoiselle,* cujo nome se negou a fornecer, mas a chamarei de *Mademoiselle* X... Aubert Charpentier, apenas e puramente por descrever-se com laços sanguíneos com a criança que nasceu nesta mansão. Notoriamente a verdade pode não representar a versão que nos brindou, contudo me levo a crer ser de fato algo importante para a mesma e que não se daria ao trabalho de nos procurar caso duvidasse disso.

3 Interessante, a natureza humana!

— Ou ela apenas apetecer-se a testar suas capacidades dedutivas, até mesmo para contrariar a teoria comum ao populacho.

— Pode, todavia não ofereceria recompensa depositada em cofre de banco para quem descobrir o assassino e o corpo da infeliz.

Mantive-me em silêncio para essas revelações. O amigo, portando a água comprada e um pincel, direcionou-se ao sótão, onde encontramos móveis há muito encovados por lá. Por ocasião se atinássemos a essa possibilidade nos custaria menos a compras e reaproveitar-se-ia dos que estavam lançados no esquecimento daquela imundície.

Uma ordinária quantia de colchões estava disposta em pilhas, num dos quais encontramos manchas, que com o passar do tempo poderiam ser feitas pela chuva e infiltração. Pondo-se de sobressalto, ele, munido de seu pincel e a descoberta de *seigneur Thénard*, pincelava deliberadamente os colchões. Um enfim teve o resultado esperado. Deparei-me boquiaberto com a demonstração de um efeito efervescente.

— Trata-se de sangue nesse colchão. Aqui aconteceu o parto e, talvez, o assassinato da Madame. — Seguindo o raciocínio, elucidou que essa reação química é típica da invenção em contato com manchas orgânicas, mesmo que secas. — Precisamos descer ao porão.

Nossa expedição teve seu fim quando uma parede falsa foi descoberta no cômodo embaixo de nossos pés, enquanto conversávamos com nossa — por mim já estimada — visitante, por trazer tanta jovialidade ao comportamento apático de Dupin. Ao averiguar o chão, notoriamente percebeu que um risco profundo jazia empoeirado em uma das paredes. Como de costume, nas antigas construções, cômodos secretos eram dispostos protegendo famílias de possíveis ataques durante as guerras. Começou então o *grand finale*.

— Na investigação não se deve perguntar muito, como já o disse no caso da Rua Morgue. Nesse caso específico, não teríamos mesmo a quem recorrer com perguntas. Por isso, procurei saber, como jamais foi feito, o que levou a elucidação dos acontecimentos, se me permite, elencarei para o senhor.

Pois sim, lá também encontramos muitos livros, mas dessa vez infantis, bem como desenhos nas paredes. Puxou um livro de lugar, uma porta detida em uma parede falsa se abriu e expôs um esqueleto humano incompleto na cama e pedaços de membros superiores e inferiores espalhados pelo espaço, decorado com uma cama de viúva, e uma segunda, de tamanho reduzido. A primeira sem seu colchão, e a segunda completa.

— Aí está o corpo... Mas e o motivo?

— O motivo é o mais elementar, meu caro amigo. Atenhamo-nos aos fatos. Um assassinato similar ao que houve nesta residência ocorreu na cidade em março do ano em questão. Crime claramente cometido por alguém de passagem, pois ao analisarmos as demais publicações nada se falou sobre algo assim ter ocorrido novamente. Então, deve-se supor que, por tratar-se de uma hospedaria módica e próxima, o meliante que o cometeu se hospedou aqui. Dado o mês da ocorrência, convicto de que se trata do pai da criança, que foi adotada posteriormente e mudou-se para Londres. — Parecia concluir naquele momento, mas o conhecia o suficiente para saber que a sua opinião já estava formada antes. — Vimos um anúncio exigindo a presença de uma mulher com conhecimentos medicinais. O sobrenome do boticário coincide com o da dama que administrava a cá. Portanto, sabido que não tinha marido, resta-nos afirmar que ele inquirira o atendimento para sua irmã grávida e escondida da cidade. Não manchando sua honra e possibilitasse um futuro e improvável casamento devido às atividades obscuras que cometia possivelmente desconhecidas para o irmão, pois o mesmo tentava manter aparências. A criança gerada em março nasce em dezembro.

— Prossiga — interessei-me genuinamente.

— Existem variações do exemplar desse livro que encontramos rabiscado a cá, o que me sugere não se tratar de mesma edição e da periodicidade com a qual o vendedor retornava. Os rabiscos são definitivamente feitos com traços infantis. Uma criança que possui instintos violentos, deve-se afirmar, relativamente à natureza de seus desenhos ensanguentados e de traços agressivos. Característica esta que estudiosos, com os quais estabeleci horas de conversas, apregoam ao fato de ser herdada de geração para geração. O vendedor de livros não é informado sobre o nascimento de seu filho. Mas uma vez a cada década traz novos exemplares, os que vimos jogados no sótão. Pode-se garantir que o assassino é o livreiro, e que a mulher mantinha o filho neste esconderijo para protegê-lo do anônimo pai. Encontrando assim, junto aos ossos, uma chave de cofre do banco.

De minha parte, vi uma foto da mulher, fixada na parede do sinistro quarto, e notei a semelhança com a dama que nos deu o expediente. Os pelos de minha nuca ouriçaram-se, embora Dupin afirmasse dever-se apenas à genética familiar.

Buscamos nosso pagamento, uma boa quantia em moedas de ouro com uma carta com os dizeres:

Obrigada por encontrar-me. Fui aviltada vezes e vezes. Não fui o que dizem as línguas. Meu filho é igual ao pai. Mas o escondo no sótão quando ele chega. Meu esconderijo permanecerá secreto até para meu querido boticário. E se me lê por estas linhas. Meu algoz foi quem me obrigou a gerar essa criança maldita.

Muitos anos depois dessa conclusão, no final do século de 1800, eu e meu amigo, já com idade avançada, reconhecemos e desvendamos os crimes que ocorreram em Londres apenas lendo notícias do jornal. Como num outro caso nosso... Um malfeitor com o codinome Jack que estripava suas vítimas. Sabíamos tratar-se do filho do livreiro, com os mesmos instintos do pai. Uma pena não nos consultarem a esse respeito e ignoraram nossas missivas desvendando-lhe a identidade.

HANIEL DE FARIAS LUIZ

Haniel de Farias Luiz nasceu em agosto de 2000 na cidade de Limeira, interior de SP. Trabalha como tatuador, desenhista e ilustrador, além de cursar Artes Visuais na Faculdade de Administração e Artes de Limeira, FAAL. Participou como ilustrador da primeira edição de "A Sociedade dos Corvos" e do livro "A Sociedade dos Poetas Vivos".

INSTAGRAM:

@hanielluiz

Para saber mais sobre os títulos e autores da E D I T O R A C O E R Ê N C I A, visite o site **WWW.EDITORACOERENCIA.COM.BR** e curta as nossas redes sociais.

Além de informações sobre os próximos lançamentos, você terá acesso a conteúdos exclusivos e poderá participar de sorteios, promoções e eventos.

@EDITORACOERENCIA

FB.COM/EDITORACOERENCIA

AV. PAULISTA, 326, CJ 84
BELA VISTA - SÃO PAULO -SP - 01.310-902

LILIAN@EDITORACOERENCIA.COM.BR

(11) 3285-1702

NÃO PERCA A OPORTUNIDADE DE REALIZAR O SONHO DE SE TORNAR UM ESCRITOR.
ENVIE SEU ORIGINAL PARA O NOSSO E-MAIL E
P U B L I Q U E C O N O S C O.

Esta obra foi composta na fonte Crimson Text,
tamanho 12pt, e impresso em papel pólen soft 80g/m².
São Paulo, julho de 2019